書き下ろし時代小説集

宵越し猫語り

小松エメル　近藤史恵
佐々木禎子　宮本紀子　森川成美

白泉社招き猫文庫

目次

風来屋の猫

小松エメル

深川今川町の松永橋近くには、「風来屋」という口入屋がある。

所謂、職業斡旋所である風来屋には、働き口を求める人々が、日々訪れた。

「いくら太平の世といっても、俺のような無宿者には随分と冷たいじゃないか。職に就くのも一苦労だ。まったくやってられないよ」

「人別帳にも載っていないような奴を、どうやって信用しろっていうんだよ。しようがないだろ。職に就けるだけいいじゃないか」

愚痴る客にそう返すのは、風来屋の主人である磐だ。小机に肘を置き、帳面をめくっている。座していても分かる上背の高さに、怜悧な目鼻立ち。浅黒い肌に、程よく筋肉がついた引き締まった身体、さっぱりとした仕草や口調。「その辺の男よりも男らしい」と言われるようになって、早二十年——つまり磐は、十の頃からそんな風だった。だから、ここへ来る客も、口入屋の主人が女でも気にせず、気安い口を利くのだろう。

「よくないさ。まだ職にありつけてないんだから。ところで、いいのはあったかい?」

「そんなものはないよ。それにあんた、どうせいつも長続きしやしないんだ。贅沢言うな」

そう返しながらも、なるべくいい条件の仕事を探すべく帳面をめくっている磐を見て、客の男はくすりと笑った。

「あんたは偉い人だな」

「おべっかを使っても帳面の中身は変わらないよ」

「分かってるよ。まったく、せっかく褒めたのにな。久次郎(ひさじろう)さんが死んだ時にはどうなるかと思ったが……あんた、本当によくやってるよ」

笑みを深めて言った男に、磐は「へえ」とやる気のない返事をした。

久次郎とは、半年前に死んだ磐の夫のことだ。小柄で色白の、ひょろりとした優男だった。穏やかな性質で争いを好まず、どんな客にも優しく接した。

——まあまあ、そんなに怒りなさんな。ここにはあんたの敵はいないよ。

気の抜けた笑みを浮かべながら、そんな台詞を吐くのが常だった。乱暴な振る舞いをする者でも、久次郎の邪気のなさに毒気を抜かれて黙った。時折、怒って殴りかかってくる者もいたが、そういう時には磐が黙っていなかった。

——おい……うちのに手を出したら、二度と働けないようにするよ。

並より腕力があるといっても、磐は女だ。だから、磐はそういう時、懐に隠し持っている小刀を抜いた。隙がない構えと、尋常ではない迫力に、大抵の相手は怖気づいて逃げだした。そのまま放っておけばいいのに、久次郎は決まって後を追いかけた。見かけによらず足の速い彼は、客にすぐに追いつき、わざわざ店に連れ帰って、職を斡旋してやった。

——あんたはどうしてそうなんだ。

磐が呆れ返って言うと、久次郎は「どうしてだろう」と小首を傾げた。そんな夫婦を見て、客は大いに笑った。そこですっかり気を許した客は、職を失った時、再び風来屋を訪れた。今、店にいる客の男もそうだった。確か、これで四度目の来訪になる。

「何だこの凸凹夫婦は……と最初は思ったんだがなあ。いやはや、似合いの夫婦だったよ。あんたも久次郎さんも、互いに足りないものを補い合っていたんだね」

「碌に働きもしないくせに、一丁前の口を叩くね」

「厳しいねえ。ま、それがあんたのいいところだが。久次郎さんもあんたの働きぶりを見て、あの世で安心しているだろうよ」

男は頰を掻きながら、苦笑交じりに言った。

(馬鹿だね。その反対さ)

職を紹介した後も長居しようとする男を店から追い出した磐は、はあと息を吐いた。

半分開いた表戸の向こうに、影が佇んでいるのが見えたのだ。

「……また来たのか」

磐が呟いた途端、店の中に入ってきたのは、琥珀色の瞳を持つ、真っ白な猫だった。ほっそりとした体躯（たいく）のその猫は、優美な身のこなしで土間を通り、先ほど男が腰かけていた場所にすっと上った。

白猫は小さな口を開いた。にゃあという鳴き声が聞こえてくるはずだったが――。

「お磐、今日こそ廃業しないか？」

（ああ、今日も嫌な日だ）

額に手を当てた磐は、低い天井を仰ぎ、「くそ」と呻（うめ）いた。

*

「嫌な日」がはじまったのは、暑い夏の頃だった。

盆に入ったばかりであったため、磐は（墓参りに行かなくちゃね）と思った。久次郎とその両親の墓だ。自分の親の墓参りはしない心積もりだった。否――しないのではなく、できなかった。まだ子どもだった頃、磐は実の親に捨てられたのだ。

——お前を捨てた奴なんて、お前の親じゃない。相手が死んだとしても、赦してやる必要はないさ。

そう言ったのは、磐を拾って育ててくれた者たちだった。仲睦まじい夫婦で、実子が一人いた。それが、久次郎だ。彼らは無宿人を泊め、職を紹介する、口入宿を生業(なりわい)としていた。磐が今営んでいる口入屋の前身だ。十年前に妻が亡くなり、その半年後に夫が後を追うようにこの世を去ったため、口入業を残して、宿は廃業になった。

——どうしてやめるんだよ。宿もやった方が稼げるじゃないか。

そう問うた磐に、久次郎は笑うばかりで答えなかった。久次郎が磐の言に従わなかったのは、この時がはじめてだった。夫婦の実子だった久次郎は、養子でもなく、ただ拾われただけの磐にいつも従順だった。

——あんたがあたしの言うことを聞くのは、あたしが捨て子で可哀想だからかい？

宿を廃業する理由をどうしても言わなかった時、磐は代わりにそう問うた。すると、久次郎は大層驚いた顔をして、「へ」と間の抜けた声を出した。

——お前のことが好きだからだよ。

何を今更、と答えた久次郎に、磐はあんぐりと口を開けた。二人が夫婦になったのは、それから間もなくである。久次郎に好かれていることに、磐は露ほども気づいていなかった。しかし、磐も久次郎が好きだった。彼を見て息切れがしたり、心の臓が速まったりすることはなく、笑いかけられたからといって、頬を染めることもなければ、手を握ったからといって、落ち着かぬ心地になることもない。抱き合っても、心は平穏そのものだった。久次郎と共にいると、磐はとても温かな心地になった。

――あんたは犬に似ているね。

磐は久次郎によくそう言った。皆は「お磐さんひどいよ」と苦笑したが、久次郎はにこにこしていた。

――嬉しいね。お前は犬が好きだもの。

久次郎の返事に、磐は顔を赤くした。図星だったからだ。

――俺も好きだよ。もし、生まれ変わるようなことがあったら、犬になりたいな。

そう言って笑っていた久次郎は、半年前に死んだ。あれほど穏やかな人柄で、誰にも恨まれるような性質ではなかったのに、刃傷沙汰（にんじょうざた）に巻き込まれてしまったのだ。無宿人たちの小さな諍（いさか）いだったが、片方が脇差を持ち出したために大事になった。知らせを聞いた磐が駆けつけた時には、久次郎はすでに事切れていた。

――……何で笑っているんだよ、馬鹿。

いつものように穏やかに微笑んでいた久次郎の死に顔を見て、磐はそう呟いた。久次郎の死はあまりに呆気ないものだった。だから、磐は未だに彼が死んだ実感が湧かずにいる。亡骸は見た。茶毘にふされ、墓に埋められたところも目にした。それにもかかわらず、あの締まりのない笑顔でひょっこりと家に帰ってくるのではないかと思ってしまうのだ。

そんな風に考えていたせいだろうか。

――お磐。久次郎だ。久方ぶりだな。

ある日突然、久次郎が訪ねてきた。四十九日ぶりに会った久次郎は、猫の姿をしていた。あまりのことに、磐はついこんなことを口走った。

――あんた、やはり間が抜けてる。どうせなら、犬に生まれ変わればいいのに。

白猫は「お前がいないとどうも駄目だ」と笑って答えたが、すぐに真面目な声を作ってこう言った。

――猫の姿になってまでお前の前に現れたのには、理由がある。お磐、口入屋はもう畳め。危ないことはするもんじゃない。

猫が言葉を発することも、それが夫の生まれ変わりかもしれぬということも整理できぬまま、磐はとっさに「嫌だよ」と答えた。

――どうしてだ？

──嫌なもんは嫌だよ……あたしは、ここでやりたいことがあるんだ。

そう返すと、久次郎と名乗った猫は、ふいと顔を背けて土間に下りた。

──……やめると言うまで、毎日来る。

白猫はそう言い捨て、半分開いた戸から出ていった。

(──何だ今のは)

夢か幻だろう。疲れているせいかもしれぬ。そう思った磐だったが、白猫は宣言通り、毎日風来屋を訪れた。決まって口にするのは、「店を畳め」という台詞だった。その言葉を聞くたびに、磐はうんざりした。

──何度来たって無駄だ。猫の言うことなんて聞かないよ。

そう答えても、白猫はまた来た。水を引っかけて追い払おうかとも思ったが、弱い者虐めは磐の性に合わなかった。相手を痛めつけて脅すなど、弱い者がすることだ。

──お磐さんは強え(つえ)なあ!

昔からずっとそう言われつづけてきた。相手は呆れを含んでいたのかもしれぬが、磐はそれが誇りだった。

(弱い奴が嫌いなわけじゃないけれどね)

強くなければ弱い者を守れない。それは嫌だった。

＊

「お磐、今日こそ廃業しないか？」

そう言ってきた白猫に、磐は「しない」とあっさり答えた。

「あんたも今すれ違っただろ？　毎日、客は大勢来ているんだ。あたしがこの店を畳んだら、皆困るんだよ。それに、こっちだっておまんまが食えないじゃないか」

「ここが駄目なら他に行けばいいだけさ。お前は器用だから、他のことだってできる」

「簡単に言うなよ。あたしのように碌でもない出自の奴が、何の仕事に就けるんだ？　それがどれだけ大変なことか、あんたはよく知ってるだろうに」

ぎろりと睨んで言うと、白猫は丸い目をさらに丸くさせて言った。

「何のかんのと言いつつ、俺が久次郎だと信じてくれているんだなあ」

「……合わせてやっているだけさ。調子に乗るなよ、猫畜生が」

「猫畜生か。それははじめて言われたなあ」

のほほんと言った白猫は、磐の足元で寝そべった。撫でてもいないのに、ごろごろと喉を鳴らし、長い尾を揺らす――その様は、猫というよりも犬だ。

（やはり、生まれ変わる相手を間違えたんじゃないか？　……こいつがあの人だと信じているわけじゃないが）

最初、磐は夢か幻だと思った。しかし、あまりにも毎日通ってくるので、（これは物の怪の類か）と思い直した。世の中には、化け猫だとか猫股だとかいう妖怪変化がいるらしい。磐は信じていなかったが、久次郎はそういうものが好きだった。

――これは秘密だが、表通りの柏屋さんは「猫の家」なんだ。普段は人間の姿だが、ふとした時に猫の姿になってしまうのさ。いいなあ……俺は犬の方が好きだが、一日くらいだったら猫になってみたい。気ままで楽しそうだよ。

楽しげに語っていた姿を思いだした磐は、小さく息を吐いた。

「大丈夫かい？　体調が優れぬのなら、少し休んだらどうだ？」

「そのまま店を閉じてしまえと言うんだろう？　その手には乗らないよ」

小机の上にあった煙管を咥えながら、磐は口を歪めて言った。

「……俺はお前が心配なだけさ」

寂しげな声を出した白猫は、耳を横に倒し、尾をぱたりと地につけた。喉を鳴らす音も止まり、店の中には磐が煙管を吹かす音だけが響いた。

猫になった久次郎は、日に一度は磐の許を訪れた。多い時で五、六度。長居をする時もあれば、すぐに去る時もあった。決まって口にするのはあの言葉で、磐も毎度同じ答えを返した。はじめて訪ねてきた日以来、久次郎は一日も空けずに通っている。

「あんたさ、本当はあたしに縁もゆかりもない、ただの化け猫なんだろ？　あたしを獲って喰らう気なら、諦めな」

「その前に、お前は俺を殺すだろうな。しかし、俺は人間を喰らわないよ。猫が好きなのは魚や鰹節さ」

「……ただの猫ならね。餌が欲しいなら、よそへ行きな。表通りにある柏屋さんは、猫好きらしいよ。そこで強請ればいいじゃないか」

　この日もやって来た白猫に、磐は呆れた目を向けつつ言った。磐は白猫に餌をやったことがない。

「柏屋さんは猫好きなわけじゃない。化けているだけさ。大体、それは俺がお前に教えたんだぞ。それに、餌は間に合ってる」

「……あんた、どっかで飼われてるのかい？」

　そういえば、身形は綺麗だ。すらりとした体躯をしているが、痩せ細ってはおらず、毛並みも艶やかだった。出会ってから半年以上経って、磐はようやく気づいた。

「飼われてはいないが、世話をしてくれる親切な人はいる。優しくて綺麗な人だよ」

いつものように磐の足元で寝転んでいる白猫は、目をうっとりと細めて言った。

「ふん……優しくも綺麗でもなくて悪かったね。そんないい女がいるなら、こんなところで油を売っていないでさっさと帰ればいいだろ」

磐の言葉を聞いた途端、白猫は身を丸めて震えはじめた。

「……何がおかしいのさ」

むっと顔を顰(しか)めて言うと、白猫は笑い交じりに答えた。

「俺の世話をしてくれている人は、男だよ」

「男に綺麗とか言うな、紛らわしい」

「男だって綺麗なもんは綺麗だろう……しかし、お前は可愛いねえ。俺が猫になってまで焼きもちを焼いてくれるのかい」

くすくすと笑いつづける白猫から目を逸らし、磐はちっと舌打ちをした。

「あんたがあの人だと信じているわけじゃないが、随分と性格がねじ曲がったんじゃないか？　あの人はあんたみたいな性悪じゃなかったよ」

ぶすりとして言った磐は、在りし日のことを思いだした。

——お磐、怒っているのかい？

――怒ってないよ。あんたのお人好しは今にはじまったことじゃないだろ。

――ごめんな、お磐。今度から気をつけるよ。

――気をつけたって何も変わりゃしないんだ。余計なことはしなくていい。

――そうか、分かったよお磐。

――そこは、「今度こそ」と答えなよ。

――ごめんな、お磐……今度こそは、な。

磐と久次郎の会話は、気が強い姉と気弱な弟のそれだった。歳は久次郎の方が三つ上だったが、幼少の砌(みぎり)から彼はおっとりした気質だった。

――久次郎さんはいくつになっても、お磐ちゃんの尻に敷かれっぱなしだねえ。

昔から付き合いのある近所の婆は、二人を見るたびそう言って笑った。その婆も二年前に亡くなったので、磐と久次郎の幼い頃を知っている人間はいなくなった。近所には磐たちよりも長くこの地に住んでいる者もいるが、深い交流はない。久次郎は愛想がよかったので誰にでも好かれたが、厳しい顔つきをした磐に寄ってくる者は少なかった。

（そういや、あの人が死んではじめて喋った人もいたっけ）

お悔やみの言葉を磐に述べたのは、一人、二人ではなかった。情が薄そうだと思っていた相手が、「本当に残念だ」と泣きながら言ってきたのを見て、磐は驚き、これまでの思い込みを申し訳なく思った。しかし、それから彼らと親しくなったかといえば、否だった。

(火事と葬式は別と言うが、その通りだね)

それを残念には思わなかった。磐は口入屋だ。頼りにしてくる者たちなら、大勢いる。仕事上の付き合いではあるが、他人との繋がりはそれで十分だった。

「性悪」と言われた白猫は、目を瞬かせて、後ろ足で頭を掻いた。

「猫に宿ったからかなあ……いくら前の世の記憶がそっくり残っているとはいえ、多少性格が違うのは仕方がないのかもしれない」

ごめんな、と寂しげに言われて、磐はきゅっと唇を噛んだ。

——ごめんな、お磐。

すっと立ち上がった磐は、白猫の脇を通って土間に下りた。

「……性格が一寸違うくらいで謝らないで欲しいね。何もかも違うんだから、今更だろ」

そう言い捨てた磐は、逃げるように外に出た。

磐は、久次郎を憎いと思ったことがあった。

——お磐ちゃん。お磐ちゃんがうちに来てくれてよかった。お磐ちゃんがいなかったら、俺はきっと独りぼっちだったよ。

久次郎にそう言われたのは、磐が十三の時だった。

――あんたのどこが独りぼっちなのさ……あんたには立派な親がいるじゃないか。親がいて、家があって、友もいる。おとっつあんたちの跡を継げば、食うに困ることはない。生きていく金があるなら、周りの奴らは離れない。あんたのどこが独りぼっちなんだよ！

磐はそんな風に久次郎を詰り、生まれてはじめて大泣きした。もし、違う人物が言ったのなら、涙は流さなかったはずだ。久次郎にだけは、そんなことを言って欲しくなかった。きっと、久次郎とは対等でいたかったからだろう。磐はもらわれ子で、久次郎たちに世話になっている身だ。生まれや育ちからして、対等であるわけがない。それは分かっていたが、それでも――と磐は思った。

久次郎は謝らなかった。それを、磐は不思議に思った。優しい久次郎のことだ。磐が泣いたら、慌てて「ごめんな」と言い、涙を拭ってくるはずだった。それを期待していたわけではないが、そうされないことに違和感を覚えた時点で、磐は甘えていたのだ。羞恥で顔が赤くなった時、ようやく久次郎は口を開いた。

――……親がいても家があっても友がいても、生きていくだけの食い扶持があってもさ、独りぼっちの奴はいるんだよ。

――……あんたがそうだって言うの？　似合わないよ。

眉を顰めて述べた磐を見て、久次郎は苦しそうに微笑んだ。

——俺が独りぼっちじゃないのは、お磐ちゃんのおかげなんだよ。きっと分からないと思うけれど、それだけは忘れないでね。

「……忘れられるもんか」

裏道を抜けて近くの社に来た磐は、ぽつりと言った。ほとんど誰も参ることがない朽ちかけた社は、小さな鎮守の森に囲まれている。ここは、磐と久次郎がよく遊んだ場所だった。その辺に落ちている木の枝を持って戦い、かくれんぼや鬼ごっこをした。近所に同じ年頃の子どもは何人もいたのに、いつも二人きりだった。磐と久次郎はまるで姉弟のように仲睦まじかった。しかし、磐は久次郎を弟だとは、ましてや兄だとも思ったことはない。

森の奥まで進んだ磐は、草の茂みで半分以上隠れてしまっている社の前で屈み込んだ。手は合わせず、目を瞑って祈ろうとした。

久次郎が無事成仏しますように——そう頼もうとしたくせに、できなかった。


「久次郎が死んで、もう一年だ」

そんな言葉を掛けられた時、磐はゆっくり瞬きをした。

（そんなに経つのか）

盆に墓参りをしたのが、ついこの前のように感じられた。磐は二十を過ぎてから、歳を取るのが早くなった気がしていた。子どもの頃の一年間と、大人になってからの一年間は、どう考えても同じものではない。

「同じだよ。歳を取って、感じ方が鈍くなっただけさ」

そう言って意地悪く笑ったのは、近所に住まう飾り職人の千市だ。見目がよく、軽薄で調子のよい男だが、これでいてなかなか腕が立つ。彼の作った簪は、飛ぶように売れた。職には困っていないくせに、このところ磐の許に毎日のように通ってくる。何がしたいのかよく分からぬ男だ、と磐はいつも冷めた目で千市を見ていた。

「ただでさえ愛嬌のない顔つきをしているんだ。そう怖い顔をしなさんな」

「余計な世話だね。あたしはへらへらしている奴が好かないんだよ」

「お前の死んだ旦那みたいな奴か」

肩を竦めて述べた千市に、磐は手にしていた帳面を投げつけた。簡単に避けられたはずなのに、千市はなぜか微動だにせず、帳面を顔で受け取った。

「……まだそれほど好きなのか？」

足元に落ちた帳面を拾いながら、千市はぽつりと言った。

「あんたの旦那は、ひどいお人好しだった。見ず知らずの奴を庇って死ぬくらいのな。だから、あの世からあんたのことを見ているはずだ。俺を忘れて幸せになってくれってな」

「死人の代弁なんて気色が悪いことするじゃないか」

「死人といっても、あんたの旦那だ」

「そうさ。死んでもあたしの旦那だ。あたしよりもあの人のことを分かる奴なんてこの世にはいないんだよ」

低い声音で答えると、千市は深い溜息を吐いた。

「……諦めて俺と一緒になれよ」

いつもの誘いに、磐は「嫌だね」と即答した。

「まだうんと言わないのか。強情も大概にしろよ」

「あんたこそ。そんな馬鹿げたことを言うようになって大分経つよ。何を意地になっているんだい？　冗談は休み休み言いな」

「こんな馬鹿らしい冗談は言わねえよ」

千市は唇の端を歪めて言った。そうした気障な表情も、よく似合う男だ。

「……腹が立つが、あんたなら他にいくらでもいい女がいるだろ？　あたしはもういい歳だ。愛嬌がなければ、美人でもない。あんたにくれてやる優しさもない。あたしと夫婦になったって、あんたにいいことなんざ一つもないんだよ」

「……だから、強情も大概にしろよ！」

低く呻いた千市は、さっと立ち上がって磐に近づいた。磐はとっさに懐から小刀を取りだしたが、鞘から引き抜くことはできなかった。

（……みっともない）

磐の肩に置かれた千市の手は、小刻みに震えている。磐を抱きしめる勢いだったのに、二人の間には一人分の距離が空いていた。

磐は千市をじっと見据えた。普段の居丈高な様子とまるで違い、千市の顔は哀しげに歪んでいる。まるで、迷子になってしまった幼子のようだった。

「……あんたは、あたしを哀れんでいるんだよ。親友の忘れ形見だから、己も大事にしなければと勘違いしているんだ」

「……はは……」

磐の呟きに、千市は乾いた笑いをこぼした。

久次郎と千市は、幼い頃親友だった。二人が知り合ったのは、磐が風来屋に来る前のことだ。磐が風来屋に来てから、久次郎はいつも共にいてくれたが、磐が不在の時には大抵千市と一緒にいた。磐と久次郎以上に正反対の二人だったものの、不思議と馬があったようだ。

互いに好いているように見えたが、磐は千市が嫌いだった。

——とてもか弱い女には見えないよ。

はじめてまともに千市と顔を合わせた時、彼は磐をまじまじと見てそう言った。それで腹を立てたわけではない。むしろ、(その通りだね) と得心したのだ。磐は己が女らしくないことを幼い頃から知っていた。だから、他人に言われても何とも思わなかった。

しかし——。

——……お前とはもう会わない。

久次郎が千市を見据えて、低い声音を出した。その時の久次郎は、これまで見た誰よりも恐ろしかった。磐も千市も絶句し、固まった。重苦しい空気の中、久次郎は磐の手を強く引いて、その場から去った。

それ以来、久次郎は宣言通り、千市と会わなくなった。

——……何をそんなに怒ってるんだい？ そろそろ赦してやればどうだ？

磐は何度かそう言ったが、久次郎は頷かなかった。他の理由もあって嫌いになったのかもしれぬと気づいた時には、千市はよその土地へ移っていた。

千市が再びこの地に戻ってきたのは、久次郎が三十を迎えた年だった。

——相変わらず、か弱い女には見えねえな。

裏道で顔を合わせた時、千市はそう言って笑った。磐はやはり何とも思わなかったが、傍らにいる久次郎の醸しだす気がひんやりとしたことに気づき、息を呑んだ。おそるおそる様子を窺うと、久次郎は無表情を浮かべて、千市をじっと見据えていた。

結局、久次郎と千市は言葉を交わすことなく別れた。久次郎に手を取られた磐は、引きずられるようにして前に進んだ。角を曲がる時、ちらりと後ろを窺うと、千市は立ち止まってこちらを見ていた。怒っているか、馬鹿にしているか――そのどちらかの表情を浮かべていると思ったが、千市はなぜか幸せそうに微笑んでいた。

(そういえば、昔もそうだった)

絶交されたにもかかわらず、千市は笑っていたのだ。愛おしい相手を見つめるような、慈悲深い表情を浮かべていたのを、磐はふと思いだした。

深川に戻ってきた千市は、見るたびに違う女を連れていた。磐に「女に見えない」と言っただけあって、どの女も浮世絵から飛びだしてきたかのように、たおやかで儚げだった。磐と久次郎が歩いている時、女連れの千市とすれ違うことはあったが、互いに目も合わせなかった。磐も夫に倣って、見ないふりをした。しかし、どうしたって視界の端に映った。その時千市は、やはり幸せそうに微笑んでこちらを見ていた。

(わけが分からない男だ)

出会った時から、磐は千市が嫌いだった。千市は、あれほど優しい久次郎を怒らせたのだ。嫌いになる理由は、それだけで十分だった。

——お磐……！　久次郎が斬られた！

久次郎が事件に巻き込まれた時、磐へ知らせに走ってきたのは、千市だった。一瞬、斬られたのは、千市だと磐は思った。千市の身体は血で塗れており、顔色は真っ青だった。それが久次郎の血だと理解できぬまま、磐は千市に手を引かれて表通りに向かった。

磐は、久次郎の死に目にあえなかった。しかし、千市は久次郎を救いだそうとして、その死を看取った。磐は、ますます千市が嫌いになった。

——どうしてあんたなんだよ……どうしてあたしじゃないんだ……狡いよ。

久次郎の亡骸を抱きながら、磐は己の身を支えている千市を、押し殺した声で詰った。八つ当たりもいいところだった。それなのに、千市は「ごめんな」と何度も言った。磐の肩を支えている手は、今と同じように震えていた。

「あたしの八つ当たりを未だに気にしているんだろ？　ごめん……謝るよ。あんたは少しも悪くない。あの人を助けようとしてくれて感謝してる。あたしをわざわざ呼びにきてくれたことも……ありがとう。ごめん……ごめんよ——ありがとう」

謝罪と礼の言葉を幾度か繰り返した時、磐の肩に乗った手に力が籠った。

（あ――）

言葉を発する間もなく、磐は千市の逞しい腕の中に収まった。

「久次郎にあんたのことを頼まれたんだ……」

千市の呟きを耳にした磐は、（やはり）と思った。久次郎は死に際、藁にもすがる思いで千市に磐のことを託したのだろう。

「あんたが遺言だと信じてる言葉は、間違いだ。あんたじゃなくてもよかったんだよ。あの時、誰かに託せたらそれで……」

磐は諭すように言った。もしかすると、久次郎は、相手が千市と分かっていなかったのかもしれぬ。己を助けようとしてくれた男なら――そう思ったのだろう。千市と分かっていたら、磐のことを頼まなかったに違いない。そのくらい、久次郎は千市を嫌っていた。

（……だから、あたしもこいつが嫌いなんだ）

磐は千市の胸を押し返し、腕から逃れようとした。しかし、千市の腕の力は緩まず、ますます強く抱きしめてきた。やめろ、ともがいた時、千市はぽつりと言った。

「死に際に言われたわけじゃない」

「……嘘を吐くな。あんたたち、仲が悪かっただろ。あんたなんかにあたしのことを頼むわけがない」

　磐がそう言うと、千市は小さく苦笑した。

「何がおかしいんだよ……からかっているのか!?」

「いや……お前でも、久次郎について知らないことがあるんだな。俺たちがまだ親友だった頃、奴はこう言ったんだよ」

　――お磐ちゃんを頼むよ。あの子を頼めるのは、お前しかいないんだ。ずっと先の話だけれど、忘れないでおくれよ。……でも、あの子のことが気に入らなかったら、忘れてくれていいんだ。そもそもこれは約束じゃない。だから、忘れてくれていいよ。

「覚えていればいいのか、忘れたらいいのか……ちっとも分からなかった。面倒くさいから忘れちまおうとしたが、俺はいつまでも覚えていた。はじめてあんたと顔を合わせた時、久次郎が言うような女には見えなかった。あんた、目が強すぎる。昔も今もずっと――」

　そう言って、千市は磐の顔をじっと覗き込んだ。

（どっちが……）

　内心舌打ちした磐は、ぐっと目に力を込めた。そうしなければ、負けてしまいそうだった。千市ははじめて会った時から、磐をまっすぐ見つめてきた。すれ違っても目を合わせなかったが、彼は磐たちから視線を外さなかった。磐たちを見送る時の千市の瞳は、いつだって心配そうに揺れていた。だが、姿が見えなくなる時、いつもほっとしたように目を細めた。まるで、磐たちが無事であることを喜んでいるかのようだった。

千市は、磐の頬にそっと触れた。想像とは違って、温かな手をしている。子どものような体温が、じんわりと肌に滲んだ。それを心地よいと感じてしまうことが、磐はたまらなく嫌だった。

「お磐……俺と一緒になろう」

磐は口を開きかけて、止まった。

戸の向こうに伸びている影に気づいたのだ。

「――待ちな！」

磐は叫ぶと同時に立ち上がり、土間に駆け下りた。

「お磐！」

千市の引きとめるような声が響いたが、無視してそのまま外に出た。

（……いた）

駆け去っていく影を認めた磐は、着物の裾を端折(はしょ)って後を追った。

逃げていく影は、何度もつまずいた。その隙に、磐は距離を縮めた。磐の足は速い。見目に寄らず俊足と言われていた久次郎と張るくらいだ。だから、必ず追いつけると信じて、影を追った。

相手が足を止めたのは、狭い袋小路に突き当たった時だった。息を切らした相手は、追いついた磐の前で背を向けて仁王立ちしている。磐は乱れた髪を耳にかけながら、「待ってた」と掠れた声音を出した。

「あんたのことずっと待ってた……一年経ってようやく来てくれたんだね」

びくりと肩を震わせた相手を見据えながら、磐は続けた。

「あたし、本当は何度も店をやめようと思ったんだ。でも、やめられなかった。あんたが来るかもと思ったから……来てくれて嬉しい」

「……どうして――」

相手の漏らした声に、磐はくすりと笑った。

「どうして？　そんなの分かりきったことじゃないか。野暮なこと言うんだね。あたしはずっとあんたに会いたかったんだよ。さあ、こっちを向いて……」

「………」

背を向けていた相手は、観念したかのようにゆっくりと向き直った。顔色は蒼白で、頬はげっそりとこけている。身体は頼りないほど薄く、露わになっている手首足首は、棒のように細い。磐の知っている彼とは、まるで別人のようだった。

「可哀想に……棺桶に片足突っ込んでいるみたいじゃないか」

哀れむような声を発した磐は、懐に手を差し入れた。そこから取りだしたのは、小刀だった。磐と対峙する男はますます青ざめたが、一歩下がっただけで逃げだそうとはしなかった。

それを見て眉を顰めた磐は、口許に薄い笑みを浮かべた。

「あの人の――久次郎の仇を討ってやる」

低く唸り声を上げた磐は、小刀の鞘を躊躇なく引き抜き、男に向けた。

（待ってた……ずっとこの時を――）

久次郎が仲裁した喧嘩の片方は、風来屋に出入りしていた男だった。誤って久次郎を刺してしまった後、男は行方をくらませた。

――上手いことよそに逃げたんだろう……悔しいが、忘れちまった方がいい。

風来屋の客たちは皆そう言ったが、磐は決して忘れなかった。久次郎を刺した男は、生まれついての無宿者で、いつも小競り合いばかり起こしていた。粗野で乱暴だったが、それが気弱な本性を偽るためのものだと磐は気づいていた。だからこそ、扱いも知らぬ脇差を振り回し、相手を誤って斬りつけた上、恐ろしくなって泣きながら逃げたのだ。久次郎が斬られた時の話を聞いた磐は、男がいつか己の許を訪れると考えた。ただの願望でしかなかったが、その予感は見事的中した。

（……本当に意気地がない奴だ）

顔面蒼白で項垂れた男をじろりと見据えて、磐は歪んだ笑みを浮かべた。男は丸腰だった。

あの時久次郎を斬った脇差は、どこかで処分したのだろう。

「どうせなら、あんたの脇差で斬ってやりたかったが――仕方がないね」

磐は小刀を構えたまま、男に突進した。

――お磐ちゃん。お磐ちゃんがいてくれてよかった。

（……あたしも）

――お磐は本当にしっかりしているなあ。お磐がいてくれるから、俺は生きていられるんだよ。

（馬鹿だね……それはあたしの方だよ）

返せなかった言葉が、胸によぎった。

――お前のことが好きだからだよ。

（あたしもだよ。昔からずっと……あんたが死んでからもずっと――）

だから――と磐は思った。

（仇を討ったら、あたしもあんたのところに行くよ）

この一年ですっかり固まった決意を胸に、磐は小刀を男に突き刺した。

ぶすり、と確かな感触を覚えた。

赤い鮮血が、泉のように湧きだした。目の前が真っ赤に染まった時、磐は強い眩暈(めまい)を感じた。

意識が遠のいていく――。

*

眩しい陽射しのなか、二人の少年は連れだって歩いていた。

「俺はね、どうやらそれほど長く生きられないらしいんだ」

久次郎の言に、千市は（またはじまった）と肩を竦めた。

「今度はどんな夢を見たんだ？」

「うん」

こくりと顎を引いた久次郎は、呆れ顔の千市につらつらと語った。久次郎が見た夢は、久次郎が三十半ば頃の話だった。誰かの喧嘩を仲裁しようとしたものの、斬られてしまったらしい。

久次郎はよく夢を見た。それは、もっぱら未来にまつわるものだった。自分の時もあれば、他人の時もあったが、未来が見える範囲は深川内に限られているようだった。千市が教えてもらった限り、久次郎の夢はほとんど当たっていた。だが、千市は(偶々だろう)と考えていた。

「どうせただの夢なんだから、もっといい夢を見ろよ」

ますます呆れ顔をした千市に、久次郎は困ったような笑みを見せて言った。

「俺もそうしたいところだが……これればっかりはねえ。まあ、いいさ」

「ああ、お前は頭が軽いからいいよ。俺は一々覚えてる。そんな胸糞悪い夢も、きっとずっと忘れられないんだ」

千市は、辟易した声を出した。未来の夢を見ては千市に語るくせに、当人はすぐに忘れてしまうのだ。「あの夢当たったな」と言っても、久次郎は何のことだかさっぱり分からぬといった具合に、首を傾げる。

「なあ、千市……一つ頼まれてはくれないか?」

久次郎は足を止めて言った。ちょうど、鎮守の森の前に差しかかった時だった。真面目な表情を浮かべた久次郎を見て、千市は顔を顰めながら「事と次第による」と答えた。久次郎は目を瞬かせ、くすりと笑った。

「俺の夢が当たってしまったら、いつかあの子は一人になっちまう。あの子を——お磐ちゃんを頼むよ。頼めるのは、お前しかいないんだ。ずっと先の話だけれど、忘れないでおくれよ。……でも、あの子のことが気に入らなかったら、忘れてくれていいんだ。そもそもこれは約束じゃない。だから、忘れてくれていいよ」

「おい……どっちだよ」

千市は首の後ろをさすりながら問うた。久次郎は至って真面目な表情をしたまま、「どっちもさ」と答えた。

「あの子をとられるのが嫌なんだ。でも、あの子が独りぼっちになっちまうのはもっと嫌だ。お磐ちゃんは強い子だよ。皆はそう言うし、あの子もそう思ってる。きっと、一寸自慢なんだよ。でも、俺は知ってる……本当のあの子は、弱くて寂しい子なんだ。独りぼっちになったら、きっと死んでしまうよ。俺がいなくなったら、あの子は独りぼっちなんだ」

たかだか夢だ。それなのに、久次郎は真剣に語った。その勢いに飲まれつつあった千市は、溜息交じりに述べた。

「……お前がいなくならなきゃいい話だろう。夢に惑わされるな。それに、どうせお前は明日になったら忘れちまうんだ」

この会話さえも、夢の向こうに消えていく。なぜだかは分からぬが、いつもそうだった。

千市はそれを少し寂しく思っていたが、この時は（助かった）と思った。あまりにもお人好しで割を食ってばかりの幼馴染に、千市は苛立つことが多かった。だが、それも心配の心から出たものだ。千市は、久次郎が好きだった。たった一人の親友なのだ。

（……そんな未来は来ない）

ちらりと鎮守の森の奥を見遣った千市は、そこにいる神に心の中で祈った。

「でも、お前は覚えてる。……だから、頼むよ」

久次郎がそう呟いた声は、聞かなかった振りをした。

翌日、久次郎はやはり昨日話したことを忘れていた。だから、千市も忘れることにしたのだが――。

――……本当のあの子は、弱くて寂しい子なんだ。独りぼっちになったら、きっと死んでしまうよ。俺がいなくなったら、あの子は独りぼっちなんだ。

その言葉が、耳から離れなかった。千市は、磐が幼かった頃から知っている。だが、話したことはなかった。久次郎の性格なら、妹のような存在の磐を、親友に紹介しないわけがない。しかし、久次郎は決してそうしなかった。理由が分かったのは、久次郎から不吉な未来の夢の話を聞いた数日後だった。

久次郎と磐は、並んで歩いていた。常だったら、通り過ぎる時に久次郎と軽く会話を交わすだけで、磐とは目も合わせなかった。

だが、その日は違った。千市はすでに女から言い寄られることが多かったが、そういう相手にもしたことがないほど、磐をじっと見つめた。

見開いた目は、猫のようだった。濁りなき白目と、爛々と輝く黒目が、まっすぐ千市を見つめ返す。

(……何だ)

千市はほっと息を吐いた。

「とてもか弱い女には見えないよ」

思わず口をついて出た言葉は、磐に対する嘲りではなかった。磐は取り立てて美しくはなく、たおやかさも儚さも持ち合わせていない。上背もあるので、髷を結ったら男に見えるかもしれぬ。だが、千市は磐を綺麗だと思った。誰よりも強い力を宿した瞳が、千市の心を捉えて離さなかった。

——……お前とはもう会わない。

久次郎はそう言って、磐を連れ去った。千市が磐に惹かれたことに、久次郎は気づいたのだろう。そして、千市も、久次郎がこれまで磐を紹介しなかった理由に気づいた。

久次郎と千市は親友だった。一見似たところのない二人だったが、好きになるものだけは似ていたのだ。

去っていく二人の姿を眺めて、千市は祈るように呟いた。

「……大丈夫だ。お前の見た未来など来ない。俺が守ってやる。だから、お前は安心してその子の手を引きつづけるんだぞ」

*

磐はゆっくりと目を開いた。

（今のは……）

瞼の裏に広がっていたのは、昔と思しき光景だった。その中で、磐は千市になっていた。

「どうして、こんな時に夢なんか――」

呟いた磐は、はっとして前を見た。磐は男に小刀を突き刺したのだ。

男は、目の前で仰向けに倒れていた。しかし、傷は見当たらず、血も流れていない。ただ喪神しているだけのようだった。

「どうして……」

磐は額に手を当てて、掠れ声で呻いた。右手から落ちたのは、血がついた小刀だった。

磐の足元には、血塗(ちまみ)れの猫がいた。

「あ……」

崩れ落ちるようにしゃがみ込んだ磐は、猫を怖々持ち上げた。瞼を閉じていた白猫は、ゆっくり目を開き、琥珀色の瞳を半月の形に変えた。

「お磐……」

「あたし……あたしがあんたを……久次郎を……猫を……！」

「猫は大丈夫だ……お前が刺したのは、この世に遺っていた俺の未練だけだ」

磐は震える手で、白猫の身体を調べた。すると、確かに白猫は無傷で、血は他の誰かのもののようだ。しかし、周りに怪我をした者はいない。磐自身も傷ついてはいなかった。

（あたしが斬ったのは――）

磐の目に涙の膜が張った時、白猫はゆるりと首を振った。お前のせいではない――そう言っているかのようだった。

「もう手を汚そうなんて考えるなよ。……お前がそんなことをしたら、独りぼっちになってしまう」

「あんたはもういないじゃないか……」

「独りぼっちになるのは俺じゃないよ。お磐……お前も独りぼっちじゃない」

「嫌だ……嫌だよ……独りぼっちは嫌だ……」

磐は白猫を抱きしめながら、ぽろぽろと泣いた。久次郎が死んだ日以来、はじめて流した涙だった。白猫はますます目を細めて、小さな口を笑みの形に変えて言った。

「もうお前の涙を拭ってやれないんだなあ……悔しいが、俺の負けだ。役目は譲ってやるさ。絶交などと意地の悪いことをした償いだ……」

「……久次郎――」

磐が彼の名を呼んだ時、白猫の身から赤い羽衣のようなものがするりと抜け落ちた。空に舞い上がったそれは、間もなく消えた。

「――にゃあ」

可愛い鳴き声が聞こえた。視線を下ろすと、真っ白な身に戻った猫が、磐の腕の中で必死にもがいていた。

「……お行き」

磐は呟きながら、そっと白猫から手を放した。地に下りたつや否や、猫は磐を置いて駆けだした。磐がその姿を見送っていると、こちらに近づいてくる足音が響いた。その必死な音は、一年前のあの日を思いださせた。

「お磐……お磐！　無事か!?」

磐の姿を認めた相手は、今にも泣きそうな顔で叫んだ。磐はゆっくりと立ち上がり、こくりと頷いた。あと十数歩で、千市は磐の許にたどり着く。

（その前に……）

磐は己の手で溢れる涙を拭った。

猫の目時計

佐々木禎子

——猫は魔の者眼中瞳に時を分つ。

六ツ円ク、五八卵ニ、四ツ七ツ柿ノ楔也、九ツハ針——

猫の目のなかには時が潜んでいると徳太郎に教えてくれたのは、寺子屋の師匠、冬月先生である。ことわざを集めた辞典『譬喩尽』には猫の目時計の歌が記されているのだそうだ。

文政十二年——本所向島大畑ケ村、四月のはじめ。

梅の花はすでに散ったが、少し歩いた先の隅田川の堤はそれは見事な桜の盛りだ。弁当持参で花見見物の江戸っ子たちが、白い花びらをこんもりと枝に咲かせた桜を眺め、長命寺の桜餅に舌鼓を打っている。

徳太郎も長命餅を二個買って抱え、堤ぶちをのんびりと花見がてら歩いて来た。長命寺の桜餅は道明寺粉ではなく、小麦粉を練ったものを薄くのばして蒸した白い生地で餡を包んでいる。塩漬けの桜の葉二枚でくるんと覆われている長命餅は、冬月先生の好物だった。

徳太郎は数えで十八歳。材木町に店を持つ材木問屋『須原屋』の若旦那だ。

まだ若いのに妙な貫禄と険があり、黙っているだけなのに「怒っているのか?」と聞かれる顔の怖さが徳太郎の悩みである。いつも実年齢よりずっと年上に見られてしまう。とはいえ、客商売においては年より老けたこの顔のおかげで、はったりが利くことがあるので助かっている。


江戸の大火事の際に山ごと木材を買い込んで商いをはじめた『須原屋』は、よその豪商と違い本気の質実剛健が家訓である。徳川や武家ではなく、町人たちを相手に、長屋建築のための木材のみを売り買いしているのは広い江戸のなか『須原屋』だけだ。

大店が集まる日本橋ではなく材木町に店を構え、商いをしている。変わっていると人は言う。長屋相手の材木売りは、武家や徳川の殿様相手に比べれば、ひとつひとつはたいした金額にはならないからだ。

そもそも木材は日常消費の品物ではない。火事で燃えたやら、地震で崩れたやらの、大きな建て替えがなければ商品は動かず、木材はずっと蔵に積み上がったままだ。だからこそ、徳川家や武家屋敷との大口の商いに目を向けるべきだと人は言う。

けれど「そういうもんじゃあないんだよ」と父は、いつも笑っているのだった。「心んなかにも算盤を持ちなさい」と徳太郎の父は言う。すぐ目の前の金の動きだけを見て働くのは本物の商人じゃあないのだ、と。

しかし「目に見える算盤とは違う勘定を弾くための算盤を、心んなかにちゃんと持って暮らしなさい。いまの金の動きだけに目を奪われるんじゃないよ。そのうえでたまに博打を打つのが商売だ」という父の言葉の意味は、徳太郎にはまだピンとは来ないのだった。

衣替えも過ぎ、江戸のみんなの着物も綿入れから袷に替わっている。徳太郎も季節の決まりだからと藍染めの着物に着替えたものの、桜の咲く時期はお決まりのように花冷えだ。昨日までは足もとや袂から風が入り込んで寒かった。

「でも今日は、天気がよくて風も穏やかだ。いい花見日和だねぇ」

誰にともなくひとりつぶやいて、徳太郎はゆるゆると歩いて冬月先生の庵へと辿り着く。本日の寺子屋は休みだと事前に聞いて知っている。子どもたちもいないのに、木戸は開けはなしたままになっている。ひょいっとなかを覗き込む。冬月先生の姿はない。

「先生～。冬月先生～、どこですか～?」

庵のなかには冬月先生の代わりというように猫がいる。白地の鼻の下にチョンと黒い泥棒髭をたくわえた猫が、平らにつぶれた座布団の上で丸くなって「なあん」と鳴いた。返事をしているような賢しげな様子に、猫の言葉がわかれば先生の居場所を教えてもらえただろうかと嘆息する徳太郎である。

「猫や、冬月先生はどこだい？　せっかく長命餅を土産に持ってきたのに」

そうしたら上のほうから返事が聞こえてきた。

「長命餅だって？　それは嬉しい。徳太郎くん、あがっていきなさい」

慌てて後ろに退いて、声のしたほうへと視線を向ける。

道中はまったく気づかなかったが、屋根の上に人がいる。さっきまでは寝そべって平たくなっていたのだろうか。いまは身体を起こし、ひらひらと片手を振っている。

「冬月先生、なんでそんなところにいらっしゃるんですか？」

聞いたと同時に、冬月先生は同じく屋根にのぼっていた雉虎の猫を掲げた。胴体を摑んでぶらりと持ち上げられ、猫は縦長にのびて迷惑そうに「なあん」と鳴いている。それから冬月先生は、ひょいと猫を抱え直して顔を近づける。

猫の目をまじまじと見つめ、

「もうそろそろ午の刻になったくらいだ。どうだい。当たっているだろう」

と自信満々で徳太郎に告げた。

「いや、いまは未の刻ですよ」

未は午後二時で、午は昼の十二時。相当、違う。

「む。今日のお天道様はいつもより動きが遅いようだな。さぼっていやがる」

「先生、お天道様は先生と違ってさぼりませんよ」

「僕はさぼってないよ」

「寺子屋を休んで屋根の上で昼寝をしているってのに？」

「徳太郎くん。これは僕の研究なんだ。屋根の上というお天道様に近い場所で過ごしている猫の目のなかの時刻を眺めて、調べている。ほら、このとおりトラの目が縦に細長くなって……ない……？　おやおや、黒く丸くなったぞ。あっ」

冬月先生と、無理やりに顔を近づけ睨めっこをさせられた猫が、プシャーッと唸り声を上げ、冬月先生の腕を引っ搔いて屋根から駆け下りた。

トラの後から屋根を降りてきた冬月先生は、情けなく眉尻を下げていた。

「先生、手を出してください。猫の引っ搔き傷はこれで侮れないって前におっしゃっていたでしょう？　腫れたり熱を出したりすることもあるようだって。薬をつけておきましょう」

「む。猫の引っ掻き傷の病についてはまだ研究が足りておらん。ここは治療せずに放置して、自分の身体で調べてみたいが……」

「なに言ってんですか。そういう妙なことを言ってる人には長命餅あげませんよ！　いいから手！」

　ピシャリと叱責したら「うう。長命餅か」とつぶやき、引っ掻かれた側の手を差しだす。傷口をぎゅっと摘んで水をかけてさっと洗い、茶箪笥の奥から薬を取りだし冬月先生の腕に塗る。染みて痛いのか冬月先生は目を細め身体を遠ざけた。まるで子どもだ。

　茶箪笥の上には黒猫が鎮座し、あたりを睥睨している。戸棚を開けるとなかには白黒の猫がいる。

　冬月先生の庵は猫だらけだ。

　徳太郎は猫だらけの庵に慣れてしまったので、それにどう思う気持ちもない。ただたまに夜、冬月先生のもとに訪れて、暗闇に猫の目があちこちに爛々と光っているのを見ると、ぎょっとすることがある程度だ。冬月先生は光る猫の目に見守られ、ぐうぐう寝ているときもあれば、蝋燭の光を近づけたり遠ざけたりして猫の瞳孔を調べていることもある。

「ああ、ここにも……それにこっちにも引っ掻き傷！　先生どれだけ猫にちょっかいかけて過ごしてるんですか」

「仕方ない。これもすべて研究のためだ。猫の目時計を完成させるにはもっと猫の目の瞳孔の開きを調べ尽くさなくてはならないからね。西には版画家で、科学者でもある梅川夏北。そして江戸の猫の目時計の研究は、この松山冬月にまかせておけ。見てくれ、徳太郎くん。今日のトラの目の黒さを絵にしたものだ。どうだ？」

きらきらと目を輝かせて、傷のない方の手で屋根の上で描いたとおぼしき猫の絵を何枚も出して畳に広げる。

「猫ですか。目がついてる石にしか見えませんよ、これ」

「こっちはくつろいで寝ていて、こっちは睨みつけている。迷惑そうにしてるときのはこれで、ああ、これはあくびをしているとき。それからこっちのは寝てる。こっちのも寝てる。これも寝てるので目が開いてない」

「寝てるとこばっかじゃないですか！」

「猫はよく寝る動物なんだよ」

説明されるとぼんやりとわかるが、初見は、どう見ても目と口のついた石の妖怪だ。冬月先生は絵が下手なのだ。それだけじゃなく手先がとにかく不器用だ。

「さてこれを時系列に並べてみると猫の瞳孔の開きと時間の関係性がもっとはっきりとわかるようになるかもしれん。どれどれ」

ふにゃふにゃな形の石に目と口のついた妖怪絵をせっせと並べていくが――。

「先生、つまりトラは屋根で気持ちよく寝てて、そこに先生が後から屋根にのぼってきて起きたんだ。先生があれこれ言うからトラは一瞬だけ怒って、でもいつものことだしとトラなりに諦めて、大あくびをしてからまた眠ることにした。なのに先生がトラを抱え上げて目のなかを覗き込むから、もう我慢ならんと引っ掻いて逃げた。そういうことですよね」

「その通りだよ。徳太郎くん。この猫の目の絵からそれがわかるなんて、やっぱり時間と猫の目は綺麗に結びついているんだな」

返す言葉を失って、仕方なく徳太郎は持参した長命餅の包みを渡した。冬月先生は「かたじけない。いただきます」と両手を合わせひとつ取り、もうひとつを徳太郎へと寄越す。そうして長命餅の桜の葉をくるりと剥いて、幸せそうに食べはじめる。

「猫と一緒に屋根の上でひなたぼっこしてる人が、私の師匠だなんて情けない。もっと普通の先生が欲しかった」

「ひなたぼっこじゃないよ。研究だ」

「はいはい。研究研究」

「そうそう。研究研究」

真顔でうなずいて冬月先生は長命餅を大切そうにもぐもぐと食べている。

先生の齢はそろそろ三十路に届くと聞く。もとは京都の公家に勤める侍だったが思うところあって退身し、浪人になって江戸に流れてきたのだという。ひょんなきっかけで徳太郎の父が拾い上げ、寺子屋の師匠になるといいと庵を建ててこの地に留め置いた。

徳太郎にとっては読み書き算盤を教えてくれた師匠である。

切れ長のすっとした双眸に通った鼻梁。滝縞の着物を粋に着こなしたすらりとした長身は、歌舞伎役者かと見まごうばかりの華がある。しゃんとしていたら名前の通りに冬の月のような冴え冴えとした色男なのだが、困ったことに年に三回くらいしかしゃんとしない。

しかしそんな、だらしなくて威厳もなくて頼りないところが近隣の子どもたちとその親に認められているから不思議なものだ。野菜や食べ物に、その日のおかずのお裾分けと、金品以外の届き物が毎日のようにだれかかれかから運ばれて、おかげで冬月先生は金には困るが食べることには困らない。

徳太郎もこうやって、たまに冬月先生の様子を見がてら一緒に餅やら握り飯やらを食べている。父の吉右衛門などは、徳太郎に「冬月先生から心の遊びってものを習うといい。徳太郎は真面目で正しすぎるきらいがあるからね」と言うけれど「とはいっても、見倣えとは言えないよ。冬月先生の影響は、遊び程度に適度に」などと注釈もつけてくるのだった。

万人に気にかけられつつも、大人たちからは取り扱い注意の札をつけられている。それが冬月先生なのである。

「ねえ、先生。先生はただの猫好きなんじゃないですか？　それならそれでいいんですけど」

「違うよ。僕が好きなのは時間なんだ。僕は時間を計測するために『猫の目』という道具を選んだんだよ」

猫の目は光の加減で真っ黒く丸くなったり細長くなったりする。その「猫の目」の大きさと日光の関係を調査して系統づければ、猫の目を時計代わりに出来るのではというのが冬月先生の目論見だ。

何度聞いても胡散臭い。

絶対に無理だろうと思うのに、冬月先生は「絶対無理」の「絶対」を科学的に証明出来るまではこの研究を諦めないつもりらしい。

徳太郎は「どうしたものかな、この変な先生は……」と首を傾げながら長命餅をぺろりと平らげる。すると大事にちょびちょびと好物の長命餅を食べていた冬月先生が、自分の食べかけの餅を半分に割り、口をつけてないほうを徳太郎に「はい」と寄越した。

「ひとつじゃ足りないだろう。これもお上がりなさい」

「いいですよ。冬月先生の分ですよ。ひとり一個のつもりでお土産にしたんだ」

「だってきみは育ち盛りだ。さっきよりいま、きみはちょっとだけ大きくなっている。今日より明日、もっと大きくなっている。僕よりたくさん食べるのが筋だ」

冬月先生はにっこりと笑い、自分の分の長命餅の残りを、はむっと一口で食べきって「お茶を淹れよう」と立ち上がった。

老け顔で、幼いときから分別臭かった徳太郎をこんなふうに子ども扱いするのは、昔からいままでずっと冬月先生ただひとりだけだった。親ですら——というか親こそは、大店を構えた商人の跡取り息子として徳太郎を厳しくしつけ、理屈だった難しいことや、経験則に基づいた人生の知恵を語るばかり。

「ありがとうございます」

徳太郎はくすぐったいような変な心地で冬月先生からもらった長命餅を噛みしめた。

でもよく考えたら長命餅は徳太郎の土産なので、冬月先生に感謝する謂われはないのだったが……。

自分は時間というものに魅入られているんだよと冬月先生は言う。

けれど傍から見ているとどう考えても冬月先生は猫が好きなだけに見える。

だいたいいつも懐のなかに馴れた猫を一匹入れて、たまにがばっと猫を抱き上げて目を覗いては「いまの時刻は」と、まったく見当外れな時報を告げる。時刻を告げる城下の時の鐘と持参の猫の目時計がずれているときは「おかしいなあ。どうやら時間の機嫌が悪いようだ。当たらない」と首をひねっている。

今日も冬月先生はそうだった。

挙げ句、懐から取りだしたクロに愛想を尽かされて逃げられて、しょんぼりした顔で肩を落としている。

「当たるとか当たらないとか、時間ってそういうもんじゃないと思うんですよ。時間の機嫌ってなんですか」

「時間にだって都合や機嫌があるんだよ。遊んでるときの時間はとっとと過ぎて、勉強しているときの時間はなかなか進まない。ああいう感じで」

「どういう感じなんですか。それじゃあ時計の意味はないじゃないですか。それに猫はよくあんなふうに逃げていってしまいます。猫の目時計なんてのは、あてにできやしませんよ」

「でも徳太郎くん。猫の目時計は可愛いよ。冬に携帯するのもぬくいし、とてもいいものだと思うんだがなあ。どうして徳太郎くんは猫の目時計にそんなに厳しい意見を言うのかなあ」

「猫の目時計じゃなく、単に猫を可愛がってるんだったら文句は言わないです」

そりゃあ猫は可愛いし、そこは認めますけどね……とつけ加えると「だろう。ほら」とどうしてか冬月先生は得意げだ。

庵から、材木町の『須原屋』へと向かう道である。

冬月先生と歩くとずいぶんと遠回りになるのが常だった。猫に釣られて寄り道をしてしまうからだ。

「おお。見たことのない猫がいるね。新入りかな。三毛だ。いい三毛だ。美人だね」

いまもまた、道の脇を歩いていった三毛猫に気を取られて、曲がる予定のない道を曲がっていってしまう。

「先生……」

徳太郎は嘆息する。

ふらふらと猫について人の畑に入り込もうとしたり、よその家の屋根にのぼりかけたり、縁の下に這いつくばっていって暗いなかで輝く猫の目に騒ぎたてたり——町なかに入ると塀にもよじのぼろうとしたりするから油断がならない。

「見てごらん。徳太郎くん。この三毛の目は緑だねぇ。綺麗だねぇ」

美人三毛猫に追いついた冬月先生は、猫の鼻先にひとさし指を突き出した。猫は近づいてきてくんっと嗅いだ。ひとしきり嗅いでから、しっぽをピッと左右に振ってツンとして冬月先生に背中を向ける。

「待って待って。三毛や。もうちょっと。もうちょっとだけその目を見せておくれ」

冬月先生は帯につけていた根付けをはずし、じゃらじゃらとしたそれを地面に垂らして三毛の気をそそった。冬月先生が根付けをつけているのは、なにを隠そういざというときに猫をじゃらすためなのだった。

三毛の耳とヒゲがピンとなって根付けに向かう。上体を低くして、尻をぷるぷると三回ほど振ってから根付けに飛びかかる。

「お、かかったな。よーしよし。いい子だ。目を見せてごらん」

冬月先生はちょっとだけじゃらしてからひょいっと三毛を持ち上げて丸めると懐に入れてしまった。

「先生、猫さらいに間違えられますよ。三味線の材料にするといいってんで、猫をさらって売り飛ばしてる連中がこのへんによく出るって、噂になってました。先生のやってることは、どう見ても猫さらいです」

猫を出し入れしたせいで、冬月先生の着物の前あわせはかなりだぶついてゆるんでいる。

胸元から三毛が顔だけ出して「なあん」と鳴いた。鳴いたあとでごろごろと低い喉音が響いてきたので、三毛は三毛なりに冬月先生の懐を気に入ったようではあるが――。

「む。そりゃあよくない」

めったになく冬月先生が難しい顔をした。ああやっと自分の奇行に気づいてくれたかとほっと胸を撫で下ろす徳太郎である。

「でしょう?」

「猫さらいにさらわれる前に僕が猫を安全な場所にうつしておかなきゃあ、よくないね。なあ三毛さんや」

斜め下の言葉が戻ってきて徳太郎は額に手を当てて押し黙る。どうやったら冬月先生を納得させられるのか、徳太郎にはさっぱりだ。

そうしたら——。

「ああああああ。見つけたーーー!」

「猫! 猫の人!!」

大きな声が道の向こうから聞こえてきた。

女の子がふたり駆けてくる。十歳前後の、木綿の絣着物(かすりきもの)を着た似た背格好のふたりだった。両手を振って必死の形相で、冬月先生を睨みつけ「猫の人」「見つけた」と交互に同じことをくり返し叫んでいる。

「猫の人って。見つけたって言ってますよ。ほら、猫さらいだと勘違いされてるんでしょうよ。どうするんですか先生」

「どうしましょうか。逃げますか」

「悪いことしていないのに逃げるんですか？」

「だからです。悪いことをして逃げるなら嫌な気持ちになる。でもなにもしてないなら逃げたってかまわないような気がしませんか？　それとも話を聞いたほうがいいかなあ。見たことのない子どもたちですよね。このあたりの子ならみんな顔は知ってるはずなのに。どうしましょうね。三毛さんや、あ……」

頭だけ出していた三毛の顔を覗き込んだら、三毛が「なんっ」と鳴いて懐から飛び降りた。綺麗に着地し尻尾を振って駆けていく。

「ああ……」

「先生、ああ……じゃないですよっ」

徳太郎は冬月先生を叱りつけてばかりだ。年下の教え子に怒られても気分を害さないところが冬月先生のいいところでもあり、悪いところでもある。

そうこうしているあいだに女の子ふたりはとうとう徳太郎たちの目の前だ。

ふたりして、冬月先生の着物の袂をひしっと握りしめ、

「見つけたーっ。猫の人」

「探してたんです。来てください」

必死の形相で冬月先生を引っ張った。

勢いに呑まれたのか、冬月先生はしょんぼり顔のまま女の子たちのなすがままに引きずられる。暖簾に腕押しの性格な冬月先生は、押したらそのまま倒されるのに加えて、引きずられたらたやすく連れ去られてしまう。猫を見つけたとき以外は、流されるがままに流れてしまう人なのだ。

「いやいや。待ってください。先生はこんなんでも寺子屋の先生で、猫さらいでも盗人でもないんです。その手を離しなさいっ。こらっ」

割って入って女の子たちの手を引き剥がすと、ふたりは徳太郎の顔をまじまじと見て、ぎょっとしたようにぴょんっと後ろに跳んだ。

「ひっ」

「怖い顔っ」

顔を見ただけでそれはなかろう。徳太郎はさすがに傷ついた。老けて見えるとか、不機嫌そうというのはよく言われるが「ひっ」だの「怖い顔」だのはあんまりだ。

「……ひどい」

つぶやいたら、今度は冬月先生が徳太郎と女の子たちのあいだに割って入った。

「怖くないですよ。徳太郎くんはとてもいい子だ。ちょっと眉間にしわが寄ってるだけで、それは僕が徳太郎くんを怒らせたからだ。徳太郎くんのこの顔にはちゃんと理由があるんです。時間の流れもあるんです。僕の振る舞いを怒る前ならば、徳太郎くんの眉間にしわはなかった。わかりますかね？　時間を戻せるものならば、徳太郎くんが怒る前の顔をきみたちに見せてあげられるんだけどなあ。そうしたらきみたちも徳太郎くんのことを怖いだなんて言わないはずだ。ねえ、徳太郎くん？」

「先生……わけがわからない」

慰めてくれているのか、手助けをしてくれているつもりなのか——でも、とにかくわからない。

「わあ。聞いたとおりだ。わけのわからない話し方。なんでもかんでも時間の話に持っていこうとする。そして猫を連れている」

「猫の人で、ふらふら歩いてる。お千代ちゃん。ねえ、この人だよね」

「おせんちゃん。そうだよね。この人だと思うよ」

少女ふたりは代わる代わるにそう話し、顔を見合わせ、揃った声で同時に言った。

「『あなたは冬月先生ですよね？』」

「む。いかにも僕は冬月ではあるが……？」

きょとんとした顔で冬月先生が首を傾げる。

「やっぱりだ。時間っていうものについてすごくたくさん勉強してて」

「光とか硝子(ガラス)とかそういうものについても詳しくて」

「猫の目時計の大家だっていう立派な先生ですよね」

少女たちは食い入るように冬月先生を見上げている。怪訝そうだった冬月先生の顔が、ふたりの言葉に合わせてじょじょに明るくなっていく。うつむいていた顔が上がり、得意げに顎(あご)を上げて胸を反らし、

「まあ、そうだ。猫の目時計に関しては江戸の第一人者と自負している」

「それでそれで、猫の気持ちがわかって、どんな猫でもごろごろ言うって」

「猫をあやつることもできるって」

「それほどでも」

なんで照れるのか不明だが、冬月先生は満更でもない顔をして恥ずかしげに頭を掻いた。

少女たちが尊敬のまなざしで冬月先生を見ている。徳太郎は、嫌な予感がしたので、ぐんぐん上がっていく冬月先生の顔の角度を下げたくなった。冬月先生は猫と時間の話をするためならば、どんなところでも出向いてしまう。普段はよろよろしているのに、猫の目時計に関してだけは、その暴走を誰も止められないのだった。

「この先生は猫のことは、あやつれませんよ。あやつれるならさっきの三毛は懐から逃げだ

したりしないです」

「まあまあ。そう言うな。徳太郎くん」

「どう言えと」

徳太郎は少女ふたりと冬月先生それぞれの顔を見回して、なんということなく嘆息したのだった。


少女たちの名前はお千代とおせん。共に十歳なのだそうだ。

聞けばはるばる根岸(ねぎし)のほうから冬月先生を頼って来たのだと言う。

冬月先生は「猫の目時計の大家」と呼ばれていい気になって、お千代とおせんを庵に招き入れ話を聞いた。徳太郎も話が気になって『須原屋』に戻りそこねてまた庵に舞い戻ってしまった。

お千代はくるんと丸い目が可愛らしい子だ。おせんはすっと切れ長の目が涼しげで、気丈に見えるがやっぱり可愛らしい子だ。隣あわせの村でそれぞれ暮らし、毎日のように待ち合わせをして遊ぶ友人同士なのだという。

「うちの村でも、お千代ちゃんの村でも、どうしても時計が欲しいんだ。けど時計なんてそんな高いもん用意できないからさ。そうしたら猫の目時計っていうものがあるんだって話に聞いて……。猫だったらうちの村にも、お千代ちゃんの村にもいるから、それならどうにかなるんじゃないかって、立派な先生にその猫の目時計について教えてもらいに来たんだ」

　思いつめた顔でおせんが言う。

「うん。それで来たんだ。どうぞよろしくお願いします。教えてください」

　お千代がぴょこんと頭を下げた。おせんもすっと頭を下げた。

　冬月先生は、自分の前に並んだ女の子ふたりのつむじを眺め「うむ。教えるのはいいが、さて」と手近にいた白黒猫を引き寄せて撫でている。

「そもそもが猫の目に限らず、目というものの構造について最初に教えなければ意味がない。レンズというものがわかるかね？　目っていうのはつまりレンズで、これほど繊細で美しいものが、生き物の身体のこの小さな部分にきちんと収まっている奇跡を思うと僕はいつも身震いするんだが……」

　お千代とおせんは顔を見合わせ「わからない」というように互いに目配せをしあっている。

「生き物のなかでも猫というものは、身体に比べてずいぶんと大きな目を持っているんだな。大きな目は、それだけたくさんの光を受け入れることが出来る。特別いいレンズを持っているということでもある。その大きなレンズが、こう、光を受け入れることで閉じたり開いたりする。不思議だろう？　綺麗だろう？　光の角度によって瞳孔の開きが変化するその仕組みを利用したのが猫の目時計というわけで……」

「先生、ちょっと待ってください。猫の目時計とレンズと光についてはまた後にして、もうちょっと基本のところから、はじめましょう。お千代さんもおせんさんも困ってる」

「む。そうか」

「ええ。そうです」

徳太郎は猫の目時計の構造と使い方よりも、それをどうして入手したいかの理由が気になった。

スペインの宣教師フランシスコ・ザビエルが大内義隆に「自鳴鐘」を献上したのが天文二十年。以来、機械仕掛けの和時計は町なかに流通こそしているが、高級品だ。たしかに、庶民に手が届くようなものではない。

しかし――。

「なんでまた時計が欲しいんだい？　寺の鐘で時間がわかるし、お天道様を見ていれば事足りるようなもんじゃないか」

徳太郎はおせんとお千代にそう聞いてみた。

高級品のからくり和時計がなくたって、人はみなきちんと毎日生きている。時刻がまったくわからないなんてこともなく、お天道様が上がれば朝だし、沈めば夜だ。それに日本橋のお寺をはじめ、江戸のあちこちの寺が時刻を知らせる鐘をつく。鐘の音に耳を澄ましていればおおよその時間はわかるのだ。

「もとは水不足が原因なんだ。うちの村の畑に水が来ないのは、隣村の畑が水を汲みすぎたせいだって父ちゃんが騒いで。そしたら、お千代ちゃんの父ちゃんが言いがかりだって腹立てて……。うちの父ちゃんとお千代ちゃんの父ちゃんが毎日水のことで喧嘩するから、とうとう時間に合わせてお千代ちゃんの村と、うちの村との用水路の切り替えをすることに決まったんです。畑に水をやるのに、お日様がカンカン照ってる日中だと土が熱くなって案配が悪い。午までには畑の水やりを終えときたいんだ。だから明け六ツから辰の半刻までがうちの村で、半刻過ぎてから午まではお千代ちゃんの村でって、それを三日交代でって決まったんだけど……決まってからも父ちゃんたちは喧嘩ばかりで。ねえ」

おせんがお千代に話を振った。

「うん。父ちゃんたちだけじゃなく、まわりの人まで釣られて怒りだしてるの。水やりの時間に合わせても半刻になったのならないの、ちょっとずれたのずれないのって。でも、うちの村には時計がないから誰も本当の時間なんてわかりゃしないんだ。それで喧嘩がちっとも収まらない。毎日その時間になると用水路の水の切り替えで怒鳴りあってて」

「用水路？」

徳太郎が聞き返す。

「うちの村の用水路の水が足りてないんです。村から出たら、荒川に隅田川にって水がたっぷりあるっていうのに、村の近くの池や井戸はこないだから涸れてしまって」

「そうそう。この時期に畑に水をたんとやらないと芽が出ないでしょ。うちとこの葱はそりゃあもう美味しいって江戸じゅうから買い付けに来てるのに。葱がちゃんとできなけりゃ、うちの村のみんなおまんまの食い上げだって」

「葱も麦もだ。水をどれだけ畑に使うかで父ちゃんたち大人が言い争って喧嘩ばかりだからって、村のえらい人たちが話しあって水を時間ごとに畑で使うって決めたんだけど」


ちょっと水を向けるとふたりは元気のいい高い声で息つく暇もない勢いで語る。思いつくままに話すから要領を得ないが、黙って聞いていると話はひとつの方向に収束していく。

つまり――隣あったふたつの村の畑の水不足が原因なのだ。

そのために用水路の水を時間ごとに切り替えることに話し合って決めた。その用水路の使い方の取り決めで「時計」が必要になったのか。

「しまいには父ちゃんたち以外のみんなまでピリピリして怒りだしてさ。このあいだ、隣村の子と遊ぶのは禁止だって怒られた。時計がないばっかりに、あたしはお千代ちゃんと遊べない。そんなの変な話でしょう?」

「そうだよ。変な話だよ。あたしだって、おせんちゃんと遊びたい。水が足りないのも葱が出来ないのも困るけど、それとおせんちゃんは別なんだ。なのに大人はさあ」

「ねえ。ひどいよねぇ」

お千代が涙目になっている。

「む。そうか。なるほどそれは猫の目時計の出番であるな。どれ、まず自分の好きな猫を膝に抱くといい。そのへんの壺のなかや棚のなかにだいたい猫が潜り込んでいるから好きな子を見繕いなさい」

泣きそうになっているふたりを眺め、冬月先生が深くうなずいた。

「悲しい気持ちのときには猫が効く。甘いものも効くが、うちにはいま甘いものがないのだ。すまないな。食べてしまった」

謝罪するのは違うと思うのだが冬月先生はそう言って、膝立ちしてずりずりと歩いて傍らの壺を覗いた。

俺のなかには大小さまざまな箱や壺が置いてある。猫が潜り込むのに適したものを調べようとして、どんな壺や箱がいいのかを試し置きしているうちにどんどん溜まっていったのだ。

「まずは好きな猫を抱くことから猫の目時計は、はじまるんだよ。さあ遠慮せずに」

冬月先生は優しい言い方でふたりに猫を勧めた。徳太郎はがっくりと肩を落とす。

「……なんでここで猫の出番なんですか。いま聞いた感じじゃあ、猫でどうにかなるもんじゃないでしょう、先生？」

「徳太郎くん、そんなことはないさ。猫はいいよ、猫は。特に猫の目時計の猫はいいものだ。お千代くん、おせんくん。きみたちの村の成り立ちをご存じかな？」

「成り立ち？」

「まあまあ、好きな猫を撫でながら僕の話を聞きなさい。江戸の畑はもとは武家屋敷のなかにあって、そこで必要な野菜を作っていた。しかしすぐにそれでは足りないということになり、幕府は江戸のあちこちに場所を広げて田畑を開墾していった」

冬月先生は自分の抱いていた猫をひょいっとお千代へと手渡した。それから傍らにある壺のなかを覗き「うん。トラだな」とつぶやいて、壺ごとおせんへと押しだした。引きずりだされたトラは迷惑そうにしながらも、おせんの膝で固まった。

ふたりと猫に目を細め、冬月先生は話を続ける。

「だが、江戸の町民は畑作りに向いてなくてねぇ。うまくいかない畑も多かった。それで幕府は途中から新しい畑を作るのに、江戸以外の場所から人を集めて、田んぼや野菜作りをまかせることにしたんだ。隣同士のきみたちの村のどちらかは、そんなふうにして、何代か前に、外からやって来たんじゃないかね。どうだい？　違う場所からやって来た人間と、そうじゃない人間。そういうのはね、それぞれ抱えてきた時間がね、違うんだ。だからたまに仲違いが起きる」

「時間……？」

　徳太郎も含めて三人がそれぞれにきょとんと目を見張る。

「まあ、ずっと同じところで暮らしている者同士でも仲違いは起きるが」

「先生、どっちなんですかっ」

「うん。どっちもだ。なにを言いたかったのかわからなくなってしまった」

　いつもの冬月先生だった。徳太郎は大きなため息をついた。

「……とにかく、僕が言いたかったのは、どんなものにでも、そうなるための過去があるということさ。時間の流れを無視して人は暮らしていけないし、昔を顧みてこそいまがある。いまを考えているうちにまだ見ぬ明日になる。まっすぐにしか流れていかないからこそ、時間ってのは実におもしろいものなんだ」

　お千代がはっとしたように冬月先生を見た。

「そっか。そうなんだね。そういえば父ちゃんが前に言ってた。『うちはもうずっと根岸で暮らしてるんだけど、隣村は違う、よそもんなんだ』って。父ちゃんたちは子どものときから『隣村は江戸っ子じゃねぇ。大きな顔させてたまるか』って言って争ってたんだって」

「そういえば、そんなことをうちの父ちゃんも言ってたよ。うちの村のみんなは、何代か前のご先祖さまが、お殿さまに頼まれてここに来たんだって。それで母ちゃんに『どっちもどっちでくだらないよ。昔のことはどうでもいいから、男衆は目の前の畑を見な』って叱られてた」

「あ……うちも！　母ちゃんに怒られてた。『ご先祖がどうだってのはもういいかげんにしろ』って」

「お千代ちゃんちも？」

じわっと涙を溜めた目で、お千代とおせんが見つめあった。

「ご先祖さまには悪いけど、あたしお千代ちゃんが好きだし遊びたい。寺子屋の先生もみんな仲良くって言ってたし」

「あたしだって、おせんちゃんと遊びたい」

「だったらふたりで仲良く遊べる明日のためにも、ここはひとつ——猫の目時計の出番と、まぁ、こうなるな」

冬月先生が太鼓判を押した。

「……なりますかね？」

そこは疑問視せざるを得なく、徳太郎は首をひねって胡乱に冬月先生を見る。

「なるさ。いいかい。くり返しの説明になるがねぇ、猫の目時計は猫の目の瞳孔の開き具合から時間を計る時計だ。まずは好きな猫をこれ、このように……」

冬月先生は笑顔で、座布団の上に香箱座りをしているぶち模様を抱え上げる。

が――。

「プシャーッ!!」

ぶちは機嫌が悪かったらしく冬月先生の顔に爪を立て目をつり上げて唸って暴れ、冬月先生の手から逃げだした。背中の毛を逆立て、フーフー唸って庵の外へと駆けていく。

「……このように……無理に抱き上げると引っ掻かれることもあるのが猫の目時計の楽しさでもある。四本の手足をきちんと畳んで身体の下に入れた香箱座りという座り方をしている猫は、周囲にあまり気を許していない。たまには具合が悪くてそうやって座っていることがあるから気にかけてやるといい……」

冬月先生の頬から血がたらりと落ちた。少女ふたりは猫を抱えて呆気に取られている。

「先生っ。また怪我をして。ああ、先生ときたらいい年をして手、足、顔に引っ掻き傷が絶えないなんて。薬を塗りますから、じっとしといてくださいよ」

「む」

若い女性の悋気の引っ掻き傷ならまだしも、先生の傷は、すべて猫にやられたものである。

徳太郎は「困った人だ」と苦笑して、軟膏の用意をするのに立ち上がったのだった。


結局、お千代とおせんは猫の目時計について冬月先生から講釈を聞かされ、今度村に猫の目時計を渡しにいくという確約を得て、喜んで帰っていった。

見送った徳太郎の内心は複雑だ。

「先生、あんな安請け合いしていいんですか」

「安請け合いなんてしていないよ」

「だって猫の目時計は時計としては未完成品じゃあないですか。時間を計るために猫の目という道具を使うっていう、そういう意図はわかります。でもその手立てで、ちゃんと時間が計れた試しがない。先生の安請け合いで喜んで村に帰ったあの子たちがかわいそうですよ。どういうおつもりなんですか?」

「徳太郎くんは優しいね」

猫にするように徳太郎の頭を撫でて「いい子に育って『須原屋』さんも誇らしいだろうねえ」と感慨深い顔つきになっている。

「そうじゃなくって。ごまかさないでくださいね」

「ごまかしてない」

「村の畑と葱も気になる。猫の目時計でふたつの村がもっと混乱して、大人たちの喧嘩が大きくなる先しか見えません。先生は、ちゃんとした先生で、そんなふうでも実はすごい人なんだっていうのは知ってます。たいがいろくでもないものを作ってますけど……。こないだの機械式団扇とか」

冬月先生は、猫の目時計以外にもたまに思いたってなにかを作成する。なにせ手先が不器用なので、ものを作るのは徳太郎の役目だ。先日、徳太郎が冬月先生に指示されて作ったのは、轆轤を使って土台にし、団扇を何枚も取りつけて、からくりで回転させる機械式団扇風送り機だった。

ぐるぐる回すと団扇が八枚くるくると回転し風がそよぐ――のはいいけれど、ぐるぐる回すのが手間で面倒で、だったら一枚の団扇をはたはたと普通に扇いだほうがずっと涼しいという結論に至ってお蔵入りをした発明品である。

「ああ……。あの機械式の団扇は猫にも評判が悪かったたねぇ」

「猫の評判より人の評判を気にしてくださいよ。そうだ。猫の目時計以外の時計を作ってみちゃあどうですか？　なんなら父に掛け合って、材料を見繕って持ってきます。もちろん私も手伝います。それで村の悩みを解決したら……みんなだってきっと冬月先生を見直してくれますし」

『須原屋』は町の人のための材木問屋だ。

お武家さまには品を出さないが、その分、町の人たちになにかあるときはできる限りの手を差しだすのが父のやり方である。災害があれば避難場所として別宅を開放し町の人たちの居場所を作る。店のみんなが総動員で炊き出しをして食べさせる。そういう店だから、お千代とおせんの話をしたら、父は少しだったら助力してくれるような気がしていた。

「いやいやいや。猫と通じあうことで完成されるから大丈夫だよ。僕がいままでどれほどの数の猫の瞳孔を調べたと思うんだい。光とレンズとその角度。研究の成果を見せるときがやっと来た。完璧な天気で完璧なお天道様が完璧な角度で猫を照らし、そのときの猫のご機嫌がよければちゃんと猫の目時計は完成される。時間っていう不思議で素晴らしいものを、猫の目がきっちり照らしてくれるわけさ」

「先生……時間を知るために、それ相応の手立てと手段を考えたほうが……。村の人たちまで関わるんですから、もう猫の目時計のことは忘れて違う手段で時間を計ってくださいよ」

徳太郎は真顔で訴えた。

「もちろん手段は考えているさ。ただし安請け合いじゃなくちょっと高請け合いになるかもしれない。ううむ。そこをどうしたら」

「高請け合いってなんですか？」

冬月先生は猫につけられた傷を指でなぞりながら、徳太郎に、完璧な猫の目時計の設計について語りだしたのだった。


その日の夜に、冬月先生は徳太郎を伴って『須原屋』に出向き、事情を説明したうえで「ぜひとも木材を売っていただきたい」と直談判をした。

徳太郎の父——須原吉右衛門は冬月先生の話をひとしきり「ふんふん」と聞き、冬月先生の差しだした設計図をしげしげと眺め、

「さて、どう思う？　徳太郎」

と徳太郎に問題を投げて寄越した。

どう思うもこう思うも……と考えながら、徳太郎は自分にわかる分の算盤を弾く。設計図といっても冬月先生の描いた図はどう見てもただの屋根つきの箱だ。屋根の片側が傾斜して三方は壁に覆われている。

「この図面の通りでしたら、大工を雇わなくても建てられます。猫が風避けに入れる小屋で、爪研ぎにいい木で造るとして——まあ、予算はこれくらい」

およその金額を口にのぼらせると、吉右衛門が「ふん」とうなずいた。

「売ってくれって言うけれど、冬月先生に掛け売りをして、回収出来る見込みはないだろうね。うちは材木問屋だ。売るほど木はあるが、かといって」

思案顔の吉右衛門に、冬月先生は「年に三回」のしゃっきりした顔になり背筋をのばして、

「何卒、お力を拝借したくお願い申し上げます。根岸の村の危機と娘ふたりの友情、さらには江戸に流通する葱と麦の値段も鑑みてどうぞ何卒、何卒。過去から続く仲違いが猫の目時計でどうにかなるのなら、素晴らしいことだと思っております。それに不作が続けば野菜不足で困るのは町のみんなです。ひとつの村での出来事ではなく、些細なひとつの揉め事が、大きな意味につながることもございます」

膝の前で手を八の字に置き、綺麗な仕草で深く身体を折り曲げる。

「ああ、先生。先生。お侍さんだったお人がそんなにたやすく頭を下げちゃ」

慌てた徳太郎が隣でそっと冬月先生の着物の袖を引いて小声でたしなめると「たやすいことじゃあないからね。大事なことだ」と冬月先生がきりっとして言い返した。

「此度の猫の目時計の計画は、この先につながるものと信じておりますゆえ。松山冬月に賭けろとは申しません。ですが猫の目時計のこの先に賭けてみてくれませんか」

顔を上げまっすぐな目で吉右衛門を見た。

この先に——と、冬月先生が告げた言葉を聞いた瞬間——。

損得勘定の算盤の珠が、頭のなかでしゃりんと跳ねた。漠然としていた父の教えが、徳太郎に理解できるところまで「生きて」近づいた。目の前にあることだけではなく、流れていく時間という別な軸に向かって、徳太郎の心のなかの算盤が弾かれる。

博打だろうと思うのだ。

猫の目時計と冬月先生に賭けるのは。

徳太郎の心の算盤はご破算だ。この賭けはきっと負ける。わかっているのに心が動いた。一度数えた算盤の珠がばらりと解け、代わりに心臓がどくんと鳴った。

決して見倣ってはいけない大人が、徳太郎の隣で「年にたった三回」の真顔を見せている。

徳太郎の頭のなかでくるくるとこれまでの冬月先生の笑顔が渦巻いた。半分に割って差しだされた長命餅。猫の目と時間について話すときの熱心な様子。何枚も何枚も描かれた、石にしか見えない猫の姿と猫の目。泣きそうになった娘たちに猫を勧めたときの優しい顔と口調。

ああ、嫌だ。絶対にろくなことにならない気がする。ふわふわとした冬月先生の後始末に右往左往する自分が見える。

嫌だけれど——なのに——。

「父さん、私からもお願いします」

気づけば徳太郎も冬月先生の隣で頭を下げていた。

※

三日後、お千代とおせんに案内してもらった根岸の村境に『須原屋』の木材がたんと積み上がっている。

冬月先生は道ばたに立つ地蔵を拝み、

「ここはとてもいい場所だ。さすがは地蔵さんのいらっしゃる場所。猫の目時計にちょうどいい」

と満面の笑みだ。

お千代とおせんだけじゃなくそれぞれの村の大人たちも冬月先生と徳太郎を囲んでいる。

冬月先生はいつものように懐に猫を抱え、襟(えり)からひょこりと顔を出した猫の頭を撫でている。

ここに来る途中の道で見つけて、抱きあげた白猫だった。金色の目が美しいなかなかの美(び)猫(びょう)である。

「先生、お千代から聞いたんだがねぇ。本当にそんな猫の目が、時計のかわりになるもんなのかね」

「おせんに言われて村の衆を連れてきたぜ」

冬月先生を半円に囲んだ大人たちは半信半疑だ。

「なりますよ。猫の目時計は忍びの里にも代々伝わるありがたい術なんです。同時に中国古来の科学でもある。仕組みはとても簡単だ。その場の光の量に合わせて猫の目の大きさが変わる。たったひとつ、それだけを覚えていればいいのです」

冬月先生は胸元から白猫をすいっと掬い上げ、道ばたにそうっと置いた。猫はすりすりと冬月先生の足もとに寄り添って身体を擦（こす）りつけて愛想よくしている。

「ただしいくつか条件がある。まずは天気がよくお天道様の機嫌がいいこと。次にこれはなにより重要ですがそこに猫がいることと、その猫の機嫌がいいこと。それから猫の目を覗く人間の機嫌がいいこと」

「機嫌て」

徳太郎は先生の後ろで絶句した。それは条件がありすぎだ。

お千代とおせんは不安そうに顔を見合わせている。大人たちも眉を顰（ひそ）めた。

「お天道様の機嫌が悪いときはつまり雨もしくは曇ですし、用水路の切り替えのための時計というのなら、その場合は猫の目時計も不要かと思います。今回はカンカン照りの日に畑に水をやる順番が問題になっているんですよね。それを解決するのに猫の目時計は最適です。

というわけで、僕はこれから猫の目時計のために猫を集める小屋をここに建てます。それぞれの村の庄屋さんに、ご許可はいただいておりますが……」

「ああ。『須原屋』さんの若旦那に言われちゃあ仕方ねぇ」

「木材も資金も『須原屋』さん持ちで、村境のここの地蔵の場所だけ使わせてくれって言ったから」

庄屋たちが渋い顔でうなずいている。

吉右衛門は「徳太郎がそう言うのなら」と、今回の件は徳太郎に任せてくれたのだ。設計図こそ描いてくれたが、冬月先生は、その他の実務はさっぱりだった。庄屋たちに話を持っていったのも、説得したのも徳太郎だ。冬月先生はその横でにこにこと笑って、ときどき、猫の目と猫と時間の凄さについて補足していた。脱線する猫談義に、話の方向性を戻すのにずいぶん難儀した。

それでも『須原屋』の名前が効果をもたらしたのか、こうやって無事に猫の目時計を村の境目に設営する運びとなった。

「では造ります」

冬月先生が着物の袖をまくり上げた。やる気満々である。漲(みなぎ)っている。

大工を雇う予算はないと告げていたので、冬月先生自らが金槌と釘を手に、道ばたで小屋を造りはじめる。なにより冬月先生の設計図は、先生の絵を見慣れた徳太郎だから理解出来るけれど、他の人間には解読不能なのだった。

「これは……なんだ。斜めになった鳥居みたいなもんの下に妖怪が」

「目が真っ黒の……石か。こりゃ。待ってくれ。これを造るのか」

「大丈夫か。呪われるんじゃねぇのか、おい」

脇に置いた設計図を見て村人たちが騒然となっている。

「そのどろどろに溶けた石みたいなものは、猫です。斜めの鳥居は、屋根つきの小屋というか、猫を招き入れるための小屋です。呪われません。『須原屋』の名に賭けて物騒なものを造ったりはしませんから」

「そ……そうかい……？」

集まった村人たちは、なかなか畑作業に戻れなくなっている。見届けないと、どういう顛末になるのかが不安になっているのかもしれない。

「猫は囲われたところに入りたがるので、囲いを造ります。暑い日には涼しい場所を、寒い日には暖かい場所をきちんと探して潜り込む。なので日陰と風避けに壁と屋根が必要です。かといって日を完全に遮ると、猫の目時計の意味がなくなる。猫の目の瞳孔がちゃんと作用しないと時計にならない」

冬月先生は、滔々と語りながら釘を木材に押し当て金槌を打った。

途端——。

「ふぎゃっ」

釘ではなく自分の手をしたたかに打ちつけてしまった。

「先生……『ふぎゃ』ってなんですか。だいの大人がそんな悲鳴を上げて、なにしてるんですか。先生こそが猫ですかっ。ああもうっ。貸してください。釘ってのは打つべき方向があるんです」

仕方ない。徳太郎が先生の代わりに金槌を持つ。

「すまない。徳太郎くん。ええと……その、僕も手伝うよ」

うろうろと木の向こう端を支えようとする。長い木材の反対側を力いっぱい支えるから、徳太郎の側の木が浮いてしまって、徳太郎の手元が定まらない。

「先生、邪魔です。あっちにいって猫と遊んでてください」

とうとう徳太郎はぷちっと切れた。叱りつけられて冬月先生は肩を落としてしょんぼりと「はい」と答えて後ろへと下がったのだった。

「それでは猫の目時計の扱い方をお伝えしましょう。いいですか。『猫は魔の者眼中瞳に時を分つ。六ツ円ク、五八卯ニ、四ツ七ツ柿ノ楔也、九ツハ針』。絵にするとこのようになります」

徳太郎が金槌をふるっている側で、冬月先生が使っていない材木の上に紙を広げ用意していた墨もすり、猫の目時計について図を描いて講釈している。村人たちは大人も子どもも「……怖い」とか「これは猫じゃなく目鼻がついた岩妖怪」と困惑し考え込んでいる。

「む。心の目で見てください」

金槌を打つ音に紛れ、冬月先生と村人たちの会話が聞こえてくる。傍らの様子をときどき気にしながら、徳太郎はせっせと猫の目時計のための小屋を造った。

美猫の白猫はうるさい音に逃げもせず、興味深げに冬月先生の周囲をうろついていた。ずいぶんと人に慣れた良い猫だ。

「あ」

冬月先生と子どもたちの声が跳ねた。何事かと視線を向ける。

白猫が冬月先生の筆にじゃれている。チョイッと筆を前足でつつく。綺麗な白い毛に墨がつく。

「おお。ハクさんや。そうか。そうくるか。これは困った」

冬月先生が筆を上げた。猫はつられて上に向かって跳躍する。パパパパパンッと筆を叩くと墨汁が飛び散った。冬月先生の顔がまだらに染まった。

村人たちが絶句しておろおろしている。笑っていいのかどうなのか測りかねているらしい。

「おおおお。これこれ、これです。この真っ黒な目。見てください。これが酉と卯の時刻、六ツ時の目です。光が届かない状態の猫の瞳孔のなんとまあ黒いこと丸いこと！　素晴らしい！」

しかし冬月先生はそんなことはどうでもいいのだった。白猫をはしっと摑んで抱きあげて目を覗き込んでから、みんなに見せている。

「いやいや。先生、こりゃあ光とかそういうんじゃあなくてな。うちで昔飼ってた猫も、じゃらしてやったらこういう目になった。目だけじゃなくて、鼻もちょっと膨らんでんだろ？　興奮するとこういう目になるって。時間関係なく」

すっとした切れ長の目の村人が言う。

「そうです。素晴らしい!!　鼻にまで着目するとは、さすがです！」

冬月先生は白猫を横に置いて大声になる。猫より冬月先生のほうがずっと興奮している。

「さすが自然を相手に田畑を耕されてきた方は違います。目のつけどころが違います。見倣わなくては。興奮しているときの鼻はこう！　目が真っ黒で鼻が膨らんでいるときは時刻は六ツじゃない場合もある。目だけではなく鼻にも着目。ふむふむ」

溶けた岩のような猫の絵の真ん中に、鼻らしいものを描く。よけいに不気味なものになった。子どもたちが互いにつつきあい「どう思う、あれ」「お化けだ」とひそひそと耳打ちしている。

「ま、まぁな。特にこう、鼻の穴がぶわっと広がるんだ」

「おおおおお！」

「父ちゃん、凄いな。先生に誉められて」

おせんがそう言って、男を見上げた。ということは、彼はおせんの父親なのだろう。そういえば目元がよく似ている。

「鼻が膨らむのくらい俺だって知ってるよ。そうじゃなくて猫がじゃれてるときに気にしなくちゃなんねぇのは、耳とヒゲだ。猫の耳ってのはよく物音を聞いてるんだ。とびかかろうとするときに耳とヒゲがその先に向いて動く。ヒゲがこっち向いたなってなったら目が黒くなって、それで、ぴょんって跳んでくんのさ」

くるりと団栗眼（どんぐりまなこ）の別な男が言う。

「む。そうです。その通りです！　そこに気づくとはさすが、あなたも長いあいだ畑を耕してこられた人だ。最初にヒゲと耳。それから尻尾。そして目が真っ黒になるんです。ああ、凄い。根岸の村の方たちは僕が教える必要もないくらい猫の目時計を熟知している」

今度はそらちに向き合って大絶賛だ。冬月先生に誉められて、男はへへっと笑って、おせんの父親を見た。

「ふんっ。俺だって猫くらい見てらぁ。ずっとここで暮らしてるんだ。ここの猫の先祖まで遡って見てんだからな」

男の傍らにはお千代がいる。大きな目がうり二つだから、きっとお千代の父親だ。お千代ははらはらと心配そうに自分の父親を見上げている。

「またそれか。おまえはガキんときから、俺らをよそ者呼ばわりしやがって、なにかっちゃあそうだ」

「父ちゃん」

おせんが父の袖を引く。

お千代もまた父の袖をぎゅっと摑んだ。

「なんだと。てめぇこそ!」

そして冬月先生は、我関せずというように、手元の絵に耳とヒゲも描きしるした。胴体に比べて耳とヒゲが巨大すぎて、もはや溶けた石にすら見えなくなっていた。

徳太郎は金槌を打つ手を止めて、頰を引き攣らせる。

冬月先生の顔は墨で水玉模様だし、描いている絵は不気味妖怪だし——大丈夫なのかと不安になる。

「皆さんご苦労されてきたのでしょうね。田畑を耕しお天道様や雨という自然を頼り、暮らしている皆さんの目には、こんなふうに猫が見えていますか？」

顔をつきあわせせんばかりに詰め寄って、一触即発のお千代とおせんの父親のあいだに、冬月先生自作の絵を差しだして告げた。

「「見えませんっ!!」」

返ってきたふたりの怒鳴り声は綺麗に揃っている。

「むむ。心の目で見てください」

しゅんとして冬月先生は描いた絵を引っ込めた。

「おかしいなあ。わりとうまく描けたつもりなんだがなあ。見えないですか。そうですか。大声で全力で否定されるくらい見えないですか……」

冬月先生はその場に座り込んで、自作の絵をしみじみ眺める。はっきりわかるほどに背中を丸め落胆しているから、大人たちは顔を見合わせた。冬月先生がしょんぼりしたときの佇まいは、濡れてしまった紙くらいにしょぼしょぼでいまにも破れてしまいそうな、実に悲しげなものなのだった。

「仕方ないですよ。先生、絵が下手だもの」

大きく嘆息し、徳太郎が言う。徳太郎の言葉に、周囲のみんながほっとしたように息をついた。

「……だよな。その猫はない」

「おめぇが怒鳴っから」

「てめぇこそ」

お千代とおせんの父親が互いに罪を擦（なす）りつけあっている。

「おかしいなあ。すみません。よければ描いてもらえませんか？　筆は二本持ってきてます。紙はたんと持ってきた」

冬月先生が筆と紙をふたりの男に差しだした。

「『俺に？』」

自分の顔を指さしてきょとんと聞き返している。同時に同じ動作をしてから、はっとしたように相手の顔を睨みつける。息が合っているのか、合っていないのか。

「ええ。おふたりにお願いします。僕の見たところ、おふたりとも、猫の目時計の大家であるようだ。僕が教えてもらいたいくらいです。なあ、ハクさんや」

白猫が前足の先を黒く染めた姿で、冬月先生のすねに身体を擦りつけ、心得たように「なあん」と鳴いた。

「だから、そうじゃねぇだろう。猫の前足ってのはもっと丸いんだ」

「うるさい。おめぇこそ肉球のなんたるかを知らない。なんだその固そうな肉球は」

ののしりあいながら大人たちが猫を描いている。

「お千代ちゃんの猫、可愛いね」

「おせんちゃんのも」

いつのまにか——村人総出で猫の絵を写生する会になっていた。途中、怒鳴りあったり喧々囂々になったりもしたのだが、なにせ怒鳴りあう対象が「猫の目」だの「肉球」だの「鼻」だのについてだ。

二本の筆を取り合って「猫とはどういう生き物か」を語って描いているうちに、昔話にも花が咲きはじめた。

「あんたらはいくつになっても変わらないよ。ほら、あの呉服問屋に奉公にいった、小夜ちゃんを取り合ってた頃からさあ」

「本当にねぇ。それでふたりして小夜ちゃんに振られて」

「それぞれにしっかりもんの母ちゃんつかまえて所帯もって、可愛い娘こしらえて。そこでもまだどっちの娘が可愛いかって喧嘩してたっけ。まだふにゃふにゃの首も据わらねぇ赤ん坊、どっちが美人かもねぇもんだ」

「どっちとも可愛いに決まってるさ。なあ」

お千代とおせんをあいだに置いて、年かさの女たちがそう言った。

「「う、うるさいっ」」

即座に揃った声がして、顔を見合わせてからぷいっと横を向く。

そうしたら年かさの女たちがどっと笑った。笑われて、男ふたりは気まずげだ。

はじめこそ村ごとにふたつに分かれて、競いあうようだったが、だんだん人の輪が縮まり、混ざっていった。

さらに子どもたちが途中ですべてを遊びにかえてしまった。墨を顔につけたままの冬月先生の様子も大いに与(くみ)した。そんな大人を見てしまっては、子どもらは騒いだり、はしゃいだりするしかない。

女たちはというと、最終的には、子どもも大人もいっしょくたにひとつにまとめて「真面目にやんなさい!!」とぶち切れて、呆れている。

「本当にあんたたちはどうしようもない。もういいよ。畑にいってくるから、昼までそうやって遊んでな」

と声をかけ、ひとり、またひとりと去っていく。そうすると農作業を休んで絵を描いている場合ではないと思ったのか、男たちもぱらぱらと抜けていった。最終的に残ったのは、それぞれの村の庄屋と、お千代とおせんの父親と子どもらだけだ。

そしてずっと競いあっているのも——お千代とおせんの父親たちなのだった。

そういえば徳太郎が庄屋たちに話をしに出向いたときも、互いに角突き合わせているふうではなかったのだった。庄屋たちの対応は、困惑しながらも「大人の対応」であるように徳太郎には見えた。

村のなかで声が大きく、人を引っ張る力のあるこのふたりの男たちが、お互いに競争心を剥きだしにしているから、最終的に村全体が反目しあっているだけなのではなかろうか。

なによりお千代とおせんを困らせているのは男親の、このふたりなのでは……。

徳太郎は、お千代とおせんが俺で話していた言葉を思いだす。

なるほど、このふたりが鍵なのか。娘たちはいい迷惑だが、親同士が仲違いしているから「隣村の子とは遊ぶな」と親が牽制しあっているのか。

考えながら、徳太郎は、トントンと金槌で叩き小屋を造る。

いつのまにか白猫はいなくなっている。けれど、ふとした隙間に、別な猫を冬月先生がどこかから連れてきていた。冬月先生はこと猫に関してだけはぬかりがないのだった。

図解のすべてをもうすっかり男たちに任せ、冬月先生は新しく連れてきた、尻尾が短く、愛嬌のある顔だちのぶち猫をあやして楽しげだ。

「絵心の問題ではなく、皆さんとても注意深く、さまざまなことに心を砕いているのでしょうね。猫の目に、空の雲の様子に、日の加減」

「まあな。自然相手の仕事だから」

「先の凶作の年は大変でしたでしょう。あれは何年前でしたっけか。僕の暮らしている大畑ケ村も村のみんなが頭を抱えてた。うちの近所の猫の数も減ったんですよ。そして猫がいなくなると今度は鼠が増えてさらにみんなが頭を抱えてねぇ。僕はあのとき、結局、なにひとつ出来ない自分の無力に泣きました」

なんだかしみじみとした言い方だった。

「泣いたって、先生、そりゃあ」

「自然相手のときは怒っても泣いても仕方ない」

庄屋たちがうなずきあった。

「……涸れた水、もとに戻るといいですねぇ。子どもや猫が飢えてる姿を見るのは切ない」

冬月先生が猫に向かって静かに言った。不細工な顔をしたぶち猫は、冬月先生の言葉には応えず真っ黒な目をして根付けに噛みついた。

冬月先生は下手な絵を描き、猫をじゃらして、猫についての話をしただけだ。それでもなんだかそこにいた大人たちはしんみりとした。

　みんながわいわいと騒いでいるあいだにも徳太郎は手を動かして、働いていた。

　無事に猫小屋が出来上がる。

　猫が入るのにちょうどいい大きさの、斜めになった屋根つきの箱に、長い脚がついている。高さがあると猫が喜んで入るし、人もその目を覗き込みやすいとのことだ。

　冬月先生の説明によると屋根の斜めの具合にも適した角度があるらしい。

「出来ましたよ。先生、これをどこに置くんですか?」

「うん。地蔵の横の、このへんに。北があっちでお天道様はあそこで……だから」

　指し示された場所に小屋を置く。

　ただの箱のようにしか見えないそれを、冬月先生は満足そうに眺めている。

「そしてこの真ん中に猫を置く。ほら」

　ぶち猫を抱えて箱に収めた。ぶち猫は、うろうろと箱のなかで足踏みをして身体を回転させている。

　その場にいた全員が固唾を呑んで猫の動きを見守った。冬月先生は猫の短い尻尾がぷるっと震える度に、一緒になってぶるっと震えた。

　無言だった。

大人も子どももじーっと箱のなかの猫を凝視している。

そしてとうとうぶち猫は、箱の居心地に納得したのか、そのなかでちょこんと香箱座りをした。

「あ、ああ……」

全員がほおっと息を吐いた。

「うむ。猫の目時計の完成である！」

冬月先生が高らかに宣言した。

重々しい言い方だったが、先生の顔はずっと墨で汚れたままなのだ。

「どれどれ。猫の目時計によれば——いまは午だ。目が針のように細く細くなっている」

おごそかに告げたその途端——。

遠くの寺からカッカッカッと三つ、捨て鐘が鳴る。そしてその後に午の刻を告げる鐘の音が響いた。ひとつ、ふたつ、とその数を数え、昼九ツの音を聞き終えた冬月先生は、

「やったぞ。徳太郎くん。当たったよ」

徳太郎へと笑顔を見せた。

ぶち猫が冬月先生と同じに白地に黒模様の顔を向け、小馬鹿にしたような感じで「にゃ」と小さく鳴いて——。

それから——みんなは互いの顔をひとわたり見渡して、どうしてかわからないがどっと笑った。

※

さて、それ以降——。

猫の目時計の完成で、冬月先生の名声が高まったかというと、別にそんなことはないのだった。そもそも冬月先生は、口で言うほどには、猫の目時計の大家として自分の名前を高めたいとは思っていないように見える。

相も変わらず飄々と、いつも通りに寺子屋で、子どもたちに読み書き算盤の合間に「猫というものは」とか「時間っていうのは凄いものだと思うのだよ」と熱弁をふるって、うるさがられたり、笑われたりして過ごしていた。


五月。隅田川の川開きで江戸の夏がはじまる。

両国橋周辺の茶店や見世物小屋が賑わって、夜遅くまで明かりを灯している。『須原屋』の人間はどんなときでも堅実に地道に働くのを良しとしていて、船をくり出して花火見物などという派手な遊びとはとんと無縁だ。

それでも甘味は徳太郎の唯一の楽しみなので、初夏の風にふらふらと吹かれながら、今日は本所まで足をのばし那須屋弥平の今川焼きを買いにいった。

ひとつはその場で食べて、もうひとつを冬月先生に土産で持って帰ることにした。あたたかいうちに食べたほうが美味しいのは断然だが、先生は猫のこと以外では遠出しないので仕方ない。

徳太郎が冬月先生の庵に辿りついたときには、寺子屋の時間はもう終わり、子どもたちも各々の家に帰ってしまっていた。その代わりというわけじゃないが、猫がいる。

徳太郎は先生に今川焼きを差しだして、座り込んだ。平たい座布団の上にはいつも猫が丸くなっている。この庵で人間が座布団を使っているのをそういえば見たことがない。

「先生、もしかしてまた猫が増えましたか」

「うん。どうだろう。猫は気ままな生き物だからねぇ。ふらっと来ていつく子もいれば、ふらっと出ていってしまう子もいる。数なんて数えたことはないんだよ。顔や様子は一匹一匹、こうして描いているのだけれど」

冬月先生の面妖な絵がまたもや広げられ、徳太郎は眉間にしわを寄せて首を傾げる。

「それ、先生以外には判読できませんよ」

「そうかな。特徴をよくとらえていると思うんだが」

「はあ」

曖昧な返事で言葉を濁す。冬月先生は渡された今川焼きを見てにっこりと笑顔だ。いそいそとお茶を用意して徳太郎の前に置き、今川焼きを半分に分けようとするから、

「私は食べてきたんで、それは先生おひとりでどうぞ」

と断った。

「だってきみは育ち盛りだ」

「先生はいつもそう言うけれど、私はもうそろそろ背丈ののびが止まってくれないと、着物を作るのに反物が足りなくなるって、母に言われたばかりです。五尺三寸はのびすぎだって、母がこぼしていたんですよ」

「そんなこと言うなよ」

「言ったのは母ですよ」

今川焼きを分けるか分けないかで押し問答だ。こんなことなら二個買ってきて先生の目の前で食べるべきだったかと反省した矢先、外から軽い足音が近づいてくる。

「「こんにちは。冬月先生」」

鈴の音みたいに明るい声に、顔を上げる。戸を開けて、お千代とおせんが顔を覗かせた。

「おや。お千代くんと、おせんくん。久しぶりだね。どうだい最近の猫の目時計は」

「それがさぁ、先生。猫の目時計の時刻は、当たったり、当たらなかったりだよ」

「む。それは……」

冬月先生が悲しげに眉尻を垂れた。しゅんとうなだれる冬月先生に、おせんが笑い声を上げて、手をぱたぱたと左右に振る。

「でも平気だよ。先生が猫の目時計の使い方をきちんと教えていってくれたから。お天道様のご機嫌がよくて、そこに猫がいて、その猫のご機嫌がよくて、猫の目を見る人間のご機嫌がいいことが条件って言ってたでしょ？」

「だから当たってないときは、どれかの機嫌が悪かったんだなーって猫の目時計で時刻を見た人が反省してる。それにあのあと池の水がね、湧いてきたんだ」

「それは良かった」

徳太郎はほっと胸を撫でおろした。

「まだまだ喧嘩したりもしてるけど、前みたいにもう隣とは遊ぶなって言わなくなったよ。特に用水路のことでは、ぜんっぜん喧嘩しなくなったね」

お千代が言う。

「うん。畑が荒れるのも、不作もつらいからねって。助けあえるときは助けあおうってさ。そんなの最初からそうなのにさ。父ちゃんたちときたら、やっと大人みたいなこと言うようになったよ。ね、お千代ちゃん？」

「その通りだよ。おせんちゃん」

「あたしたちは苦労したよねぇ」

「本当に」

大人びた口調でふたりは顔を見あわせた。

「昔、どっからやって来たってのは置いといてさぁ、あたしらはいまは江戸で畑を耕してるんだ。助けあわなきゃ」

「だよね」

「うんうん。そうだねぇ」

そういうわけで、とふたりは冬月先生に持っていた風呂敷包みを差しだした。

「これ、あたしたちの村からお礼だよ。奮発したんだ。カツブシだ」

風呂敷包みを広げて開けると、なかから鰹節がころりと出てきた。

「野菜がとれたら、先生にも野菜を持ってくるけどさ。まずは先生んとこの猫にお礼をしようかって庄屋さんたちが言ってて」

「あたしらがお使い頼まれたんだ」

ふたりは晴れ晴れとした笑顔で冬月先生に向き合うと、

「「冬月先生、猫の目時計をどうもありがとうございました!!」」

大きな声でお礼を言った。

「ありがとうと言ってもらえると嬉しいねぇ。ありがとうを、ありがとう。でも感謝する相手が違いますよ。猫の目時計が役に立ったのは、徳太郎くんが木材の便宜を取りはからって、なおかつ造ってくれたからですよ」

お千代とおせんは「なるほど」とうなずき、今度は徳太郎に大きな声で礼を言って頭を下げる。

「いや。私は別に」

徳太郎は慌ててしまった。

「うんうん。きみたち、根岸からここまで遠かったろう。はい。これしかなくて申し訳ないけど。ふたりで半分こだ。どうぞ」

冬月先生も笑顔になって、今川焼きをふたつに割った。ふわふわの生地のなかにぎっしりと詰まった粒あんに、お千代とおせんがわっと喜びの声を上げたのだった。

目的のために手段を選ばない人は多々いても、手段のために目的を選ばない人はめったにいない。

時間を計ろうとしているというより、冬月先生は、猫の目時計をちゃんとした時計にするために、理屈を探してきてあとからどんどんつけ足していく。真面目に追究するものだから、周囲は、煙にまかれてなんとなく「そういうものか」と冬月先生の猫の目時計を受け入れてしまうのだ。

しまいには感謝なんてされてしまう。

喧嘩をしていた大人たちが仲直りをしてしまう。

こうなってくると、なんということだと、苦笑するしかない。

今川焼きを食べ終えて、お千代とおせんが帰っていった。

カツブシを猫に取られないような場所にしまわなくてはと、冬月先生は、隠し場所を探すために庵のなかをうろうろとしている。茶筆笥の戸を開けるたびに、びっくり箱のように猫が出てくる。この庵はいったいどうなっているのだ。

「先生は、かなり無茶苦茶だ」

徳太郎は笑いを堪え、そうつぶやいた。

「なにがですか?」

「いろいろですよ」

「いろいろですか。さて」

冬月先生は首を傾げていた。納得いかない口ぶりだったが、そこに異論を唱えられても、徳太郎は引く気はなかった。だって冬月先生はいろいろと無茶苦茶だ。

「まぁ、それはそれとして。今回の猫の目時計については、本当にありがたかったよ。僕はきみに感謝してもしきれないくらいだ。徳太郎くんはいい子だねぇ」

「別に。『須原屋』は材木問屋ですから。売るほど木を持ってますし。私は『須原屋』の若旦那として、冬月先生にじゃなく、猫の目時計のこの先に賭けてみたんです。それだけです」

真っ向から誉められて感謝もされ、徳太郎は照れくさくなった。

「ああ……そうか。この先に。ええと、とても申し訳ないのですが、あの猫の目時計の代金は……出世払いで頼みます」

冬月先生が少しおずおずとして、小さな声でそう言った。

「先生、出世するつもりあるんですか？」

「む」

即答出来ず考え込んでしまう冬月先生に、徳太郎は静かに笑ったのだった。

両国橋物語

宮本紀子

ガタリと音がした。男が樽の腰掛から立ち上がり、懐の巾着を取り出した。初老の男で、いつも夕七ツ過ぎ（午後四時過ぎ）、お初が住み込みで働く米沢町の蕎麦屋にやってくる客だった。決まってかけ蕎麦を一杯食べていく。

同じ住み込みで働くお加代が、お初の脇腹を肘で突いた。勘定を受け取ってこいというのだ。ちょっと強面の男をお加代は怖がる。だから、この男に蕎麦を運ぶのも、勘定を貰うのも、自然とお初の役目になっていた。年上という理由だけで、なにもかもこっちに回されたらたまったものではない。でもこれに関しては別に嫌ではなかった。男は大人しい客だった。今もいつものように黙ってお初の手に銭を渡すと、戸口へと向かった。

「毎度ありがとうございます」

こっちもいつものように礼を言い、戸を開けてやり、顔にあたらぬように暖簾を割って上げてやる。十月、立冬の冷たい風が吹いていた。すぐ近くに両国橋西詰めの広小路があり、そこの掛小屋から賑やかな太鼓の音が風に乗って聞こえてきた。

男は広小路の方へと歩きだした。いつものように——そう思った。が、今日は違った。送り出した男は「姉さん」とお初を呼んだ。蕎麦を注文するときの、「かけ」という声しか聞いたことがなかったが、お初を呼んだ声は、低くて静かな声だった。

「なにか」

お初は店に入ろうとしていた軀を男の方へと戻した。勘定の銭を多く貰いすぎたのだろうかと、さっき笊の中へ入れた銭を頭の中で数え直した。男はお初のいる戸口まで戻ってくると、店の中に目をやった。「あの客には気をつけろ」とぼそりと言った。

えっ、と男の視線を追って店の中に目をやると、隅の席にぽつりとひとり、女が座っているのに行き当たった。もう一刻（二時間）もいる客だった。注文した天麩羅蕎麦にも手をつけず、蕎麦も天麩羅の衣も汁を吸って丼鉢の中で膨らんでいた。お初も気になっていた客だった。

けど、気をつけろって——。

「どういうことなんです」

訳を聞こうと振り返ると、もう男の姿はそこになく、

「ちょっと、どこ行ったのよ」

通りを探すと、いつものように両国広小路の方へ歩いて行く男が既に小さくなっていた。

「すみませんねぇ」

結局、店を閉める六ツ半（午後七時）になっても女の客はいた。お初が声を掛けると、女ははっとして顔を上げた。高く結った髷の根元に、塗の三日月櫛を挿していた。櫛の棟には雁が列をなして飛ぶ凝った意匠が施され、着ている物も上物で、どこか裕福なお店のお内儀だろうと思われた。

「お口にあいませんでしたか」

訊くと、女は首を振り、「ごめんなさい」と小さく言って店から暗い外へと出て行った。

「なんなのあれ」

お加代はぶつくさ言って蕎麦の丼鉢を片付け始めた。だがお初はどうにも女が気になった。

「ちょっと見てくる」

そう言うと、「やめときなさいよ」というお加代の声も無視して表に出た。気をつけろと言った男の言葉が胸に引っ掛かっていた。幸い月が出ていて、淡く降り注ぐ光が、女の後ろ姿を白くぼんやり照らしていた。遠目でもはっきり見えた。女はゆっくりと広小路の方へ歩いていく。その後をお初は追った。掛小屋が大方片付けられた、だだっ広い広小路を突っ切ると、女はそのまま両国橋を渡り始めた。橋の袂から少し離れた橋番所から明かりが洩れ、中で男たちのどっと笑う声が大きく聞こえた。夜は六人いる橋番たちは誰も女に気づかない。お初は女の後を追いつづけた。とにかく橋を渡りきるまで。そう自分に言い聞かせて。

昼間は大勢の人が行き交いあんなに賑やかなのに、夜の橋は静かで寂しかった。川音だけが橋の下の暗い大川から驚くほど大きく響き這い上がってくる。月明かりに浮かぶ橋板は、闇に向かって永遠につづくように思えた。

早く、早く渡って。

なのに橋の中ほどより少し手前で、女の足はぴたりと止まった。欄干を摑むと、じっと暗い大川を見つめている。お初の胸はどきどきと鳴った。気をつけろ。男の声が頭の中でこだまする。

やめてよ、ちょっとやめて。早く橋を渡っちまって。

念じるように言っているのに、女は胸の前で手を合わせる。

ぐらりと女の軀が大きく揺れた。と同時にお初は走っていた。下駄の音を大きく鳴らし橋を駆けると、

「おやめくださいまし」

女を後ろから抱きすくめた。

「放して、放して」

女の力は思いのほか強く、お初の軀も暗い欄干の下へと持っていかれる。

「誰か、誰かー」

お初は大声で人を呼んだ。

「た、助けてっ」

誰かが走ってくる足音が聞こえた。提灯の灯が近づいてくる。

「どうしたんだ」

若い男の声がした。

「身投げよ」

ほっとした。なのに、

「そいつはいいけねえや」

言うと男はがばりとお初に抱きついた。

「な、なにやってんのよ」

「だって身投げだろ」

「あたしじゃないわよ。こっちの女。見りゃわかるでしょ」

「ええっ、そうなの？」

「そうなのって、早く止めなさいよ」

その間も女は猶も川へ飛び込もうとする。

男は止めるどころか、「親父っさーん、身投げだってよぉー」と呑気に誰かに言っている。

「あんたねっ」

蹴飛ばしてやろうかと思った。と、そのとき、もうひとつ提灯が近づいてきた。

「やっぱりきちまったかい。姉さん、お手柄だぜ」

提灯が言った。明かりの中で男がにっと笑った。

「あんたは」

いつも蕎麦を食べにくる、「気をつけろ」とそう言ったあの男だった。


若い男の名はトク、そしていつも蕎麦を食べにくる男は源蔵といった。両国橋には東西の両詰めの橋番所の他、橋の真ん中にも中番所といわれる橋番所がある。夜だけ二名の橋番がいて、俺たちはその中番所の橋番小屋に詰める橋番よ、とトクがべらべらと話した。小屋は畳一枚分ほどの狭さで、そのふちに腰掛けるように女を座らせると、

「なんで身投げしようとしたんだよ」

と無遠慮に訊いた。

「ちょっと」

お初はトクの袖を引っ張った。

「なんだよ、訳を聞かなきゃなんにもわかんねえだろ」

それはそうなのだが。

「四十過ぎにもなって……いい年をしてすみません」

と女は謝った。乱れた髪が俯いた顔の前で川風に揺れている。

「いい年なのはお互い様。俺は二十五。親父っさんは五十だぜ。で、姉さんは?」

トクがにこにこして言った。

「なんであたしまで」

源蔵がお初をちらりと見、その目を女に向けた。女のために言えというのだろう。お初は溜息を吐いた。

「今年で三十」

「わっ、姉さんも結構いい年!」

「うるさいわね」

今度こそ、お初はトクの臑を蹴ってやった。

トクが痛がって飛び跳ねているのを横目に、源蔵は隠し持っていたのだろう、小屋の中から酒徳利を取り出した。茶碗を女の手に持たせると、注いだ。

「話しやすくなるぜ」

女は茶碗の中の酒をじっと見ていたが、肯くと一口飲んだ。胸を押さえ、ふうっと息を吐いた。そして「嫌んなっちまったんですよ」と言った。

女の亭主は女遊びが派手な男だった。商売はうまいし、道楽も若い時分だけだろう。そう思って女は辛抱して暮らしてきた。けど亭主の女遊びは今もつづき、そんな父親を見て息子は、親父の女道楽はおっ母さんのせいじゃないのか、と言った。

「姑にもさんざん言われた言葉だったのに。息子に言われたらもういけない。ぽきっとなにかが折れちまったんですよ」

女はそう言うと袂で顔を覆った。

お初は、女の前の橋板に膝をつくと、その背を擦った。細かく震える女の肩を見ているうち、無性に腹が立ってきた。

「死んじまうぐらいなら、そんな家、出てしまえばいい」

気づけばそう言っていた。

「あたしは出てきましたよ。いい年をしても、女ひとり、なんとか食べていけるものですよ」

「理由はなんなのよ」

大人しくしていたトクがまたずけずけと訊く。

「わたしも知りたい」

女が縋るようにお初に言った。

お初は横に立っている源蔵を見上げた。源蔵はふっと笑ってお初にも酒の入った茶碗を差し出した。なんて夜なの。まったく。お初は茶碗を奪うように受け取ると、酒を一口、二口、つづけて喉に流し込んだ。濡れた唇を手の甲で拭うと、

「あたしは――」

川の上にぽっかり浮かぶ月を見つめた。


夫婦になってくれと望まれて一緒になった男だった。小さいとはいえ、表通りに店を構える瀬戸物屋の跡継ぎだった。好いていたかと訊かれると今もわからない。それよりも、父親を早くに亡くし、母一人子一人で育ったお初は、これでおっ母さんに楽をさせてやれる、その思いの方が強かった。けど楽をさせてやれるどころか、母親が寝込んだと同じ長屋の女房が知らせに来ても、看病にさえ行けなかった。もううちの嫁なんだから。姑はそう言って今しなくてもいい用事をお初に言いつけた。お前さん、半日、いや、一刻でいいんです、行か

せてくださいな。そう亭主に頼んでも、おっ母さんがなぁ、と困った顔をするばかりだった。

「嫁に行ったからって、親は減るもんじゃないんだ。増えるんだよ。それがなぜわからない。

そう言ってあたしは店の瀬戸物を手当り次第叩き壊して家を飛び出しちまいましたよ。あたしは亭主より母親を選んだんです」

「で、おっ母さまは」

女が言った。

「二年前逝ってしまいましたよ。あたしに詫びてね。ひとりになったあたしはなんだか腑抜けになっちまいましてね、食べるものといえば誰かさんと同じでいつも一緒。あたしは茶漬けでしたけどね。長屋の差配さんが心配して、住み込みで働ける今の蕎麦屋を世話してくれたんですよ」

ですからね、とお初はぼやけかけた月から女へ目を戻した。

「家なんて出ようと思えばすぐに出られるもんなんですよ。でもねお内儀さん、それではあんまり悔しいじゃありませんか。だからあたしみたいに暴れておやんなさいまし、言いたいことを怒鳴ってやんなさいまし」

「そんな……」

女は俯く。

　くつくつと笑い声が聞こえた。源蔵が可笑（おか）しそうに笑っていた。

「なら、ここでいっちょ稽古をつけてみますかい。川に向かって腹に溜まっていることを大声で叫んでごらんなさいやし」

　源蔵は言った。

　女は驚いて目を大きく瞠（みは）った。

「でも……」

「なあに、どこにも届きはしねえ。川風がみんな吹き消してくれやすよ」

「やる、俺やる」

　トクが飛び跳ねると、欄干を摑み川に向かって大声で叫んだ。

「お喜代（きよ）ちゃん大好きだよぉー」

　がくりときた。

「誰よそれ」

「軽業師（かるわざし）のお喜代ちゃん。めっぽうかわいいんだぁ」

　躯をくねらせ、でれでれと言う。

「ほら、姉さんの番」

「あ、あたしも？」

もう自棄だわよ。お初は立ち上がると月を見上げた。そして、

「おっ母さん、あたしは幸せですよぉ」そう叫んだ。

「わ、わたしも言います」

女は茶碗の酒を一気に呷ると小屋から出た。川に向かい、欄干を摑むと、

「あのひとの女道楽をわたしのせいにしないでちょうだい」

と叫んだ。

「あんたたちの息子や父親がものすごく好色なのよー」

声はどんどん大きくなる。

「お前さんもわたしが大人しくしてるからって、いい気になってんじゃないわよ。このすっとこどっこいの、スケベ親父ぃー！」

うほほ、とトクが手を叩いた。

「スケベ親父だってよ」

お初も堪らずぷーと噴いた。

「あーすっきりした」

言って女も腹を抱えてけらけら笑う。

「な、死ぬことが馬鹿らしくなっただろ」

源蔵が言った。

「またなんかあったら、ここにきな。ここにきてまた叫べばいい」

女は肯くと、滲んだ涙を拭ってふんわり笑った。

「また今夜も行くの？」

湯桶を持って店の裏口から出ると、一緒に出てきたお加代が呆れ顔で言った。

あの日からお初の暮らしは少し変わった。店を閉めた後、湯屋の行きがけに橋番をしている源蔵の許を訪ねるようになった。身投げしようとした女がどこの内儀か聞かずに帰したが、また泣いて来てやしないかと心配だった。それに女が来ないか待っている間、源蔵と話すのが楽しかった。話すといっても今日一日にあったことをお初が一方的に話し、源蔵は時々そうか、と相槌を打つだけなのだが。

お初はお加代と別れると、まだ開いている店の、道に零れる明かりを頼りに橋に向かった。橋を渡り始めるとき、お初の胸は一番どきどきする。中番所の小さい灯が見えると走り出したくなる。そして番小屋に源蔵がいると――。

「源ぇーんさん」

小屋を覗き、声を掛けた。

「なあーに」

トクがいた。

「姉さんかわいい。親父っさんにはそんな顔すんのぉ」

こいつは……。

「でも俺のお富士ちゃんには負けるけどね」

「お富士って誰よ」

「楊弓場のお富士ちゃん。かっわいいんだぁ」

「お喜代ちゃんはどうしたのよ」

「あれ？　あれはもういいの」

まったくこいつは……。

「親父っさんならあそこだぜ」

トクは数間先の暗い橋の上を指差した。

「じゃあ、ごゆっくり」

そう言うと、提灯片手に見回りに出掛けた。

お初はトクが指差した方へ近づいていった。下駄の音に気づいてか、「よう」と源蔵の声がした。

「どこ」

お初には暗闇の中、源蔵がどこにいるのかわからなかった。

「ここさ」

思いのほか近くから腕を引っ張られた。その拍子にふっと源蔵の匂いがした。暗闇に目が慣れると、源蔵が欄干にもたれ、川下のほうを向いているのがわかった。お初も横に並んで同じ方を眺めた。川の両岸の町屋の灯がちらちらと瞬いている。突然ギィと音がした。橋の下を屋根船が流れにのって通り過ぎていく。船頭が櫓を漕ぐたび、ギィと軋む音がする。それに混じって小さく三味線の爪弾く音も聞こえる。その音も船の明かりが遠のくとともに消えていった。

「きれえねぇ」

ほうっと溜息が零れた。

「ああ」

「でも寒いわね」

十月も半ばだった。日々寒さは増していた。夜の吹きさらしの橋の上は更に寒く、身に堪えた。

「源さん寒くない？」

訊くと、

「なあに、もう慣れっこだ」

源蔵は夜の川を見つめたままそう言った。


もう暮れ六ツ（午後六時）もとっくに過ぎたというのに、この日源蔵はまだ蕎麦屋に来なかった。こんなことははじめてだった。

お初は店の表に出ると、夕方の人が忙しなく行き交う通りを、右に左に見、源蔵の姿を探した。そんなことをもう何度となくくり返していた。風が今日も一段と冷たかった。

「そんなに気になるんなら見てきたら」

表に出てきたお加代が、おお寒っ、と腕を擦りながら言った。

「店の旦那にはうまく言っとくから」

ほら早く、と言われ、お初は肯くと橋へ向かって走った。

息せき切って中番所に行き小屋を覗くと、顔の知らない男が座っていた。姉さん、と声がした。振り返るとトクが立っていた。

「源さんが今日は蕎麦を食べにこないのよ」

お初が言うと、トクは肯いた。

「親父っさんは風邪で寝込んじまってるよ。今、長屋に様子を見に行ってきたんだけどよ、そしたら寝床でうんうん唸(うな)ってた」

頭の後ろがちりちりちりした。なにが寒さはもう慣れっこだ、よ。

「どこの長屋よ」

「へ、行くの?」

「薬を飲まなくっちゃ。それになにか食べさせないと」

治るものも治らない。

「でもよ、なんか食べさせるっていったって、親父っさん家(ち)は鍋も七輪もないんだぜ。あるといえば酒徳利だけだ」

あきれた。

「だったら買ってきてよ」

「いいけどよぅ」

言ってトクは空っぽの巾着を振った。

「んもうっ」

お初は懐から紙入を取り出すと、トクに握らせた。

「で、源さんの長屋はどこよ」

冷たい手拭を額にのせると、源蔵は細く目を開けた。

「お前ぇ、どうして……」

「どう具合は？　お蕎麦だけど食べられそう？」

七輪にのせた小鍋に蕎麦の汁が温まっていた。

ここに来がけに蕎麦屋に戻り、店の主人に事情を話した。看病に行かせてほしいと頼むと、最初主人は渋ったが、お初があまりに真剣に頭を下げるので、根負けしたように、わかったよ、と肯いた。店をやめるなんて言われたら困るからな、と笑い、ほら持っていけと蕎麦を持たせてくれた。

お初は源蔵の背を支え、布団の上に半身を起こしてやった。

「ちょっと待っててね」

七輪の火を強めると、小鍋の蓋を開けた。蕎麦を入れ、葱を入れ、蒲鉾を入れ、上から玉子をぽとりと落とした。玉子の淵が白く固まり始めると丼鉢によそい、箸と一緒に盆にのせ、源蔵の膝の上へ置いた。

「トクさんがいろいろ用意してくれたのよ」

「トクが……」

「ほら、食べて」

源蔵は肯くと蕎麦を啜った。

「おいしい？」

「ああ」

「たまには『かけ』じゃないのもいいでしょ」

お初がふふっと笑うと、源蔵もへっと笑った。

にゃーと鳴き声がした。

声のした方を見ると、腰高障子の板の割れ目から白い猫が顔を覗かせていた。

「あら」

お初が源蔵に顔を戻すと、源蔵は首を竦めた。

「しろってんだ。そこの隙間から入ってくるようになって、勝手に住み着きやがった」

と、咳の合間にお初に話した。

「おい、しろ、お前ぇどこ行ってやがった」

「おなか空いてるかしら」

お初は小皿に蒲鉾を千切ると、土間に座っている猫の前に置いてやった。

「あら食べたわ。明日はもっといいもの持ってきてあげる」

「明日って。お、おい」

源蔵は戸惑った顔をお初に向けた。


お初は仕事の合間を縫って長屋に行き、源蔵を看病した。

せっせと滋養のあるものを拵え、食べさせたかいもあって、源蔵の熱は三日目にはだいぶ下がり、四日目の今日は自分から布団の上に起き上がれるまでになった。

「よかったわねぇ」

源蔵の汗に汚れた髪を梳き、髭をあたってやりながら、お初は安堵の息を吐いた。

「この分じゃ、明日には小屋に詰められるな」

膝の上に寝ているしろを撫でながら源蔵は言った。

「なに言ってんのよ」

お初は髭剃りの刃を持った手を振り上げた。

「お、おい、危ねえなあ」

「だって。……ねえ、橋番やめたらどう」

源蔵の世話をしながらずっと考えていたことだった。

「これからもっともっと寒くなるわよ。橋の上だもの、そりゃもう、うんと。雪だって降ってくるし」

「俺ぁ、やめねえぜ」

源蔵はきっぱり言った。

「でもっ」

「俺ぁよ、あの橋が好きなのよ。あの橋の上から見る景色がたまらなく好きなのよ。なぁ、お前ぇも見たろ。夜のあの橋の上からの川をよ、町をよ」

「ええ、静かで、とてもきれえだった」

「だろ、だからそんなこと言わねえでくれよ」

「でも心配なのよ。だってあたしは……」

お初は源蔵を見つめた。源蔵もお初を見つめた。

源蔵の頬をお初はそっと撫でた。指先に剃り残っている髭がちくちくあたった。

「あたしは……」

指は頬から源蔵の唇へと触れる。

「あたしは……」

「お初っちゃんいるかいっ」

突然外から声がした。返事をするより早く戸が開いた。夕陽と一緒に入ってきたのは隣に住むお勝だった。

「源さんの寝巻き、乾いてたから取り込んでおいたよ」

上り框にどかりと座ると、ぽいっと寝巻きの浴衣を板間に投げた。

「まあ、おばさん、ありがとう」

「おや、髭をあたっていたのかい」

「ええ」

「それにしてもきれえになったもんだ」

お勝は家の中をぐるりと見回した。お初が看病の合間に掃除もしたお蔭で、部屋は見違えるほど小綺麗になっていた。

源蔵の膝の上でふわぁーとしろが欠伸をした。

「おや、しろ、お前そこにいたのかい。なんだか毛並みがよくなったんじゃないのかえ。まあ、毛並みがよくなったのはお前さんだけじゃないけどねぇ」

お勝は源蔵を見た。

「飼い主の方がよっぽど毛並みがよくなったみたいだよ」

そう言うと、にやりと笑った。よっこらしょと立ち上がり、おじゃまさまっと出て行った。

戸が閉まるとまたお勝の声が聞こえた。

――源さんとこ？　やめときな、今お取り込み中だよ。

――おや、まだ陽があるっていうのにかい。

――若い娘と付き合うとたいへんなんだよ。

――やだよもう。

ひゃははは、と派手な笑い声が弾けた。

「やだ、おばさんたら」

お初は頬を赤らめた。

「あの婆ァ、ぶん殴ってやる」

源蔵は拳を握り締め、だっと立ち上がった。しろが驚き飛び退いた。

「ちょっと、やめてよ」

お初は髭剃りの刃を脇の小桶の水に投げ入れると、必死で源蔵の腕を掴み、止めた。

「また熱がでちゃうわよ。座って、ねっ、お願いだから座ってよ」

「お前ぇはあんなこと言われて嫌じゃねえのかよ」

源蔵はお初を見下ろし怒鳴った。

「あたしは平気よ」

「俺ぁ嫌だ。若(わ)けえ娘が俺のせいであんなこと言われてよ」

「なにも源さんのせいじゃないわよ」

とにかく座ってとお初は源蔵の腕を布団へ引いた。

源蔵は布団の上にどすりと胡坐(あぐら)をかくと、項垂(うなだ)れた。

しろが逃げた土間から源蔵の膝の上へと戻ってきた。

「お前え、もうここには来るな」

束の間黙っていた源蔵がぼそりと言った。

「お前えはまだまだ若けえ。こんな所に来てちゃいけねえんだ」

「なに言ってんの」

お初は笑って小桶の中の刃をまた持った。

「ほら、顔を上げて」

源蔵の顔に手を伸ばした。だが源蔵はお初の手を邪険に払うと、

「ひとりでできる」

お初から刃を奪うように取った。

「帰(け)えれ」

強くお初に言った。

お初は首を竦めた。

「なら今日は帰りますよ」

立ち上がり、土間に下りると下駄を履いた。

「夕飯には魚が焼いてありますからね。しろにも身をむしってやってくださいな」

ああ、骨に気をつけてやってくださいよ、と源蔵に振り返った。

源蔵はじっと俯いたまま、こっちを見ようともしない。お初は溜息を吐くと、

「また明日来ます」

そう言って長屋から出、そっと戸を閉めた。

外はもう薄暗かった。煮炊きの匂いが濃くなった路地から表通りへ出ると、米沢町の蕎麦屋へと歩いた。

針に通した糸を扱いていると、

「まだ寝ないの」

お加代が行灯の明かりに目を細め言った。

「ごめんなさい、眩しかった?」

ううん、とお加代は布団の中から首を振った。こっちへ寝返りを打つと、「もうすぐ出来

上がるわね」とお初の膝の上の半纏(はんてん)を見た。

藍染の細縞(ほそじま)の半纏が膝に広げられていた。お初が古手屋(ふるてや)で見かけ、源蔵によく似合うだろうと買い求めた半纏だった。洗って新しい綿を入れ、仕立て直しているところだった。

「なんだかうらやましい」

お加代が言った。

「うらやましい?」

お初は針を動かす手を止め、お加代を見た。

「だってすごく楽しそうなんだもの」

「そう?」

「顔が笑ってる」

「あらっ」

お初は頬に手を当てた。

「源蔵さんがほんとうに好きなのね。でもそれって男として?」

訊かれ、お初は言葉に詰まった。

じっと俯いたままの源蔵の姿を思い出した。

「お加代ちゃんは好いたひとはいないの?」

今日の出来事を振り払うようにお加代に訊いた。

「いない」

お加代は素っ気無く答えた。

「どんなひとが好きなの？」

そうねえ、とお加代は大きな目を天井に向けた。けどすぐに、

「ばりばり働いて、どんどん稼ぐひとかしら」

と言った。

ぷっとお初は噴いた。

お加代も、くくくっと笑う。

風が雨戸をがたがたと揺らした。遠くでピーと按摩（あんま）の笛が鳴っている。

「おやすみなさい」

お加代が軀を戻し、布団を顎（あご）まで引き上げ目を閉じた。

「おやすみ」

お初は灯芯を小さく絞ると、また針を動かし始めた。

次の日、まだ朝の早い時分に、お初は源蔵の長屋へ急いだ。

胸には出来上がったばかりの半纏を抱えていた。

まだ誰もいない長屋の路地を源蔵の家へ駆けてゆくと、

「源さんおはよう」

と元気よく声を掛けた。明るく振る舞おうと決めていた。戸を開けて極上の笑顔で笑うんだ。出来上がった半纏を見せ、着せて、似合うねえ、とまた笑う。そしたら昨日のことなんか吹き飛んでしまう。

「おう」

中で声がした。お初はがらりと戸を開けた。

「源さん」

呼んだのに、笑おうとしたのに、振り向いたのは知らない若い男だった。こっちを見て、はにかんだように男は笑うと、頭を下げた。お初もつられて頭を下げると、部屋の隅で布団を畳んでいた源蔵が立ち上がった。土間に下りてくると、若い男とお初の間に立った。

「源さん、もう起きてもいいの？」

源蔵はお初の言葉に答えず、ちょうどよかったとお初を男の前へ押しやった。

「この娘さんがお前さんに話していたお初さんだ。こんな年寄りを親身になって看病してくれる、今時珍しい心根の優しいおひとだ」

源蔵は男にそう言うと、今度はお初の方を見た。

「こちらは多平さんと言いなすってな、腕のいい大工さんだ」

「源さん、そりゃあ言い過ぎってもんだ」

男は照れて笑った。

「なに、本当のことさ。独り立ちしてえのに、親方が放してくれねえんだろ」

源蔵はお初を見た。

「この多平さんはよ、毎夕、仕事場の深川から両国橋を渡って戻ってきなさるのよ。そんとき橋番小屋に詰めている俺にも声を掛けてくれてよ」

「この三、四日、親父っさんの姿が見えねえもんだからよ」

男がお初に言った。

「おうよ、で、心配してくれてよぉ、俺の塒をトクに聞いて、昨日の夜わざわざ訪ねてきてくれたのよ」

「昨日は楽しかったなぁ」

男が源蔵に笑った。

源蔵も肯いた。

「ふたりで酒を酌み交わしてよ、いろいろ話したのよ。多平さんは優しい、気持ちのいい男なのよ。年もお前ぇと同じだ。なのにまだ独りときてる。だから俺は思ったのよ、ああこんな男がお前ぇの連れ合いになってくれたらよ、って」

「源さんなに言ってんのよ」

お初は引きつるように笑った。

「まあ聞けって」

源蔵はお初に熱っぽく語った。

「だから俺は多平さんにお前ぇのことを話したのよ。一度会ってやってくれねえかって。多平さんは肯いてくれてよ。だったら善は急げだ。朝、仕事に出掛ける前にもう一度来てくれって頼んでよ。頼み通り来てくれたもんだから、今からお前ぇのいる蕎麦屋へふたりで行こうとしていたところなのよ。そしたらお前ぇが来たじゃねえか。俺は思ったよ。こいつは縁があるって」

な、なっと源蔵は多平を見、お初を見た。

「そう……」

お初の喉がひりついた。

「ああ、ふたりはお似合いだぁ。きっといい夫婦になる」

源蔵は何度も何度も肯く。

多平が照れ臭そうに小鬢を掻き、ちらりとお初を見て笑った。

「そう……」

すうっと胸の中が冷えていくのがわかった。

「ならそうするわ」

お初は持っていた半纏を源蔵に押しつけると、多平の手を取った。

「行きましょ」

そう言って握った手を引っ張った。

多平は慌てて道具箱を担ぐと、お初に促されるように長屋を出た。

わかった。よおっくわかったわ。

お初は多平の腕に絡みつくように軀を寄せると、源蔵に向けたかった極上の笑顔を多平に向けた。


店の戸を開けると、表通りは濃い朝靄に覆われていた。

十一月の一の酉の日から、雪がたびたび降るようになった。

昨夜は降らなかったが、星のきれいな底冷えのする夜だった。そんな翌朝は決まって朝靄が濃かった。きっと大川から流れてくるのだろう。

お初は手桶の冷たい水で雑巾を絞ると、店の格子窓を拭き始めた。細い格子を上から下へと拭くたびに、白い息がきんと冷えた空へ流れた。

「あらあら、こんなにお手々を真っ赤にして」

男の声がしたかと思うと、ひょいと手を握られ、はあーと温かい息を吹きかけられた。ぎょっとして男を見ると、にっと笑った男は、

「姉さーん、お久しぶり」

トクだった。

こいつは……。

でも笑えた。懐かしかった。

「仕事の帰り？　お疲れ様。寒かったでしょ」

「おや、優し」

「あたしはいつも優しいわよ」

トクは、またまたぁーと笑った。

「でも元気そうでよかったよ。姉さんが小屋に来なくなって、こっちはものすごく寂しいけどよ」

「あんたにはお富士ちゃんだっけ、いるじゃない」

「今はお亀ちゃん。もう、すっごくかわいいの」

こいつは……。でもやっぱり笑えた。

源蔵とは、多平と会わされたあの日から会ってはいない。トクの言うように番小屋にも、長屋にも行ってはいない。源蔵もあの日からお初の店に蕎麦を食べに来なくなった。会わなくなってもうひと月近くになる。

「ほら、どいたどいた」

お初は格子に寄りかかっているトクを押し退けると、また拭き掃除を始めた。

「なあ、親父っさんのことは訊かねえのかよ」

トクがお初にまとわりつくように言った。

「親父っさんにも俺言ったんだ。姉さんが来なくなって寂しくねえのかよって。そしたら親父っさん、寂しくなんかねえと言いやがる。これでいいんだって。けどよ、そう言いながら姉さんから貰った半纏を大事そうに着ていやがるんだぜ。懐にしろを抱えてよ」

「しろを」

お初の手が止まった。

「おうよ、風邪でずっと家にいたせいでひとりになるのを嫌がるようになりやがったって親父っさんは言うけどよ、ひとりになるのが嫌になったのは手前えだっちゅうの。そういうのを寂しいって言うの。なんでわかんねえんだよ」

トクは息巻く。だがすぐにしゅんとすると、

「なあ、また顔を出してくれよ」

お初に頼むように言った。

お初は首を振った。

「もう嫌いになったのかよ」

「まさか」

お初は、また首を振る。

「夜、橋を渡るときね、胸がどきどきしたわ。小屋の小さな灯が見えてくると走り出したくなるのよ。そして源さんの姿を見つけると泣きたくなるの。ほっとするのよ。あたしがあたしのままでいられるのは源さんの前だけだもの」

「だったらっ」

「……」

「どうして、俺わかんねえよ」

「トク……ごめん」

お初が謝ったときだった。

「待ちやがれっ！」

朝靄の中で男の怒鳴り声が聞こえた。橋の方からこっちへ近づいてくる。女の悲鳴も聞こえる。

どんどん近づいてきたかと思った途端、朝靄の中から男と女が飛び出してきた。それを追う男もひとり。

「話せばわかる」

そう言って逃げる男は多平。立っているお初に気づき、

「助けて」

叫んだ女は、お加代だった。

そしてふたりを追っている男は、

「待ちやがれって言ってんだ！」

源蔵だった。

お初は驚いた。トクも目を丸くしている。

「お初さん、助けて」

多平とお加代が走ってきた。

息せき切ってやってきたふたりは、お初の胸に飛び込むように縋りついた。

「どうしたのよ」

蒼い顔のふたりに事情を聞こうとしていると、源蔵が荒い息を弾ませてお初の前に立った。

ふたりは「ひっ」と悲鳴を上げると、お初の背に隠れた。

「一体どうしたっていうのよ」

お初はふたりを庇(かば)うように源蔵の前に立ちはだかると、源蔵に訊いた。

「こいつッ」

源蔵は血走った目を多平に向けた。

「こいつはな、その女と連れ込み宿から乳繰り合って出てきやがったんだ！」

この野郎ッ、とお初の背に隠れている多平の胸倉を、源蔵は摑んだ。

「お初を裏切りやがった奴は容赦しねえ！」

そう言って、多平を思いっきりぶん殴った。

朝の道に多平がごろごろ、と転がった。源蔵は痛みに低く呻いている多平の胸倉をまた摑むと、猶も拳を振り上げた。

「やめてっ」

お初は叫んだ。

「放してよ」

多平から源蔵の手を振り払うと、ぎっと源蔵を睨(にら)んだ。

「どうしてだ、この男はお前ぇを裏切ったんだぞ」

源蔵はお初に怒鳴った。

だがお初は源蔵に怒鳴り返した。

「多平さんにお加代ちゃんを会わせたのはあたしよ」

「なんだと……」

源蔵は呆然とお初を見た。

「……どうしてだ」

「だってお加代ちゃんのほうが多平さんにぴったりだと思ったのよ」

「けど、俺はお前ぇのために」

「やめて」

「けどよ、お前ぇはまだ若けえんだ。だから俺は」

やめて、とお初はくり返した。

「やめてよ。ねえ、何様のつもりなの？　父親のつもり？」

ならいらない、とお初は首を振った。

「あたしにお父っつぁんはいらない」
喚くように叫ぶと、だっと店の中へ入った。

その夜、お初は湯桶を抱えると、ひとり店の勝手口から外へ出た。途端に、冷たい風が吹きつけ、軀がぶるりと震えた。まだ開いている店の、道に零れる明かりを踏みながら湯屋へ急いだ。が、ここを曲がれば湯屋という角で、お初は立ち止まった。真っ直ぐ行けば広小路だった。そしてその先に両国橋があった。早く湯屋へ。そう思うのに、足をゆっくり広小路へと進めた。そのまま暗く、がらんとした広小路も突っ切ると、両国橋の袂で止まった。橋詰めの橋番所から明かりが洩れている。けど中からはなんの音もしない。辺りはただただ静かだった。静かな夜の中、目の前に両国橋がのびていた。お初は橋に向かってまた歩いた。一歩、二歩、三歩。そして最初の橋板に足を踏み出したとき、遠く橋の上に提灯の小さな灯がひとつ揺らいだ。右に左に揺れながらこっちへやってくる。段々近づいた灯は暗闇に持ち手を浮かび上がらせた。源蔵だった。灯はますます近づき、お初の顔も浮かび上がらせた。そこで源蔵もお初に気づいたらしく、橋の上でぴたりと止まった。そのままじっと立っている。お初は源蔵を見つめた。源蔵もお初を見つめている。ヒューと甲高く風が鳴った。カーン、カーン、と木戸番の拍子木の音がする。ゆらりと提灯の灯が揺れた。と、源蔵の足許でなにかが動いた。小さい灯に照らされたものは、しろだった。しろは、にゃーと鳴いてとことことやってくると、踏み出したお初の足に擦り寄った。

「しろ、久しぶりね。元気だった?」

頭を撫で、顎を撫でてやると、しろは気持ちよさそうに目を細め、ごろごろと喉を鳴らした。ふっと手許が暗くなった。しろから顔を上げると、提灯の灯が反転していた。黒い背は、また橋の向こうへ戻っていく。

「お前もお戻り」

お初はもう一度しろの頭を撫でてやると、その身を橋の方へ押しやった。しろが灯を追っかけるように戻っていく。そして、しろも提灯の灯も、お初の前から消えた。夜の中に橋だけがのびている。

お初は橋板に踏み出していた足をそっと引き戻した。そのまま踵(きびす)を返すと、広小路へ、そして湯屋に向かって歩いた。

湯屋への曲がり角を折れると、頬に冷たいものが触れた。見上げると、暗い空から雪が舞い落ちてきていた。

その雪がもう三日も降りつづいていた。

夕方の蕎麦屋は客でごった返していた。仕事帰りの職人や、広小路で遊び疲れた見物人たちが、凍えきった軀を温めようと、熱い蕎麦を洟を啜って食べていた。

いいかい、とまた二人連れの客が入ってきた。

「おいでなさい」

お初は客を迎えると、空いている席に促した。なにになさいます、と注文を聞いた。

「そうだなぁ。蕎麦の前に熱いのを一つ貰おうか。寒くてかなわねぇ」

職人風の男たちは、くいっと酒を飲む仕草をした。お初は笑って肯くと、男たちは「けどよぅ」とすぐに話に夢中になった。

「さっきの喧嘩はすごかったよな」

「おうよ、ごろつきに袋叩きにされていたよな」

「あの男も説教なんかせずに、大人しくしてりゃよかったんだよ」

「橋番だろ、あれ。大丈夫なのかな」

熱燗一丁――と言い掛けた声が止まった。

「あの、今なんて」

男たちの話にお初は割って入った。

「なにが」

客の男のひとりが怪訝そうにお初を見た。

「橋番がどうとか……」

「おうよ、袋叩きにされていたのよ」

お初の胸がどくりと鳴った。

「どんな橋番でした?」

喉がからからに渇いていった。

「どんなって」

「若い橋番でしたか」

早口になる。客の男が連れの男を見た。

「若くは——なかったよな」

「ああ。いい年の親父だったぜ」

「橋のちょうど真ん中へんで倒れちまってたよな」

男たちは肯き合う。

目の前が真っ白になった。

「お初さんっ」

肩を揺すられた。はっと我に返ると、お加代が心配げにお初の顔を覗き込んでいた。話を聞いていたらしく、

「行っておいでよ」

と、お加代は言った。

「けど……」

客は次々と入ってくる。

「大丈夫だから。あたしにまかせて」

お加代はぽんと胸を叩いた。

板場を見ると、釜のもうもうと上がる湯気の向こうから、店の主人が行ってこいと肯いた。

「すみません」

お初はふたりに頭を下げると、客の間をすり抜け、ぱっと表に飛び出した。

雪は止んでいたが、夕闇が迫っていた。とけた雪でどろどろの道をお初は走った。

どうしよう。でもまだそうと決まった訳じゃない。

お初は震える息を飲み込みながら、胸の中で自分に言い聞かせた。

大丈夫。大丈夫……。

着物に泥を跳ね上げながら走るお初を、行き交う人々は珍しそうに眺めていた。

両国橋まで来ると、とにかく中番所に――。下駄の音を大きく鳴らせて橋を駆けた。と、

「姉さんっ」

声が飛んできた。顔を向けると、橋詰めの橋番所からトクが、こっちこっちと手を振っていた。


番所に入ると四、五人の男たちが振り返った。みんな橋番らしかった。その男たちの向こうに男がひとり寝かされていた。

トクに促され近寄ると、板間に敷かれた布団に横たわっているのは、源蔵だった。顔といい、腕といい、足といい。見えるところはみな、痣（あざ）だらけだった。特に顔は目の周りに青痣ができ、口は切れ、下唇が大きく腫れあがっていた。

あまりの姿に、お初は源蔵の傍らにへたり込んだ。

「当分痛みはあるだろうけど、骨は折れてねえってよ」

そう言うトクの声にも返事ができなかった。

どうしようもなく怒りが湧いた。

「なにやってんのよ！」

源蔵に怒鳴った。

「なにやってんのよ」

ばし、と源蔵を叩いた。

うっ、と源蔵が呻いた。

「お、おい」

橋番の男たちが慌てて立ち上がったが、トクはけらけら笑った。

「いいって、いいって」

ほら出た出た、とトクは男たちと一緒に外に出ると、そっと番所の戸を閉めた。

ふたりきりになると、お初の軀から力が抜けた。

「どんだけ心配したと思ってんのよ」

そう言うと、ぼろりと涙が零れた。

「いい……。お父っつぁんでいいから。娘でいいから。ねえ、むちゃしないで。傍にいてよ。お願い」

お初は顔を覆って泣いた。

「悔しかったんだ」

源蔵が呟いた。

えっ、と源蔵を見ると、源蔵はじっと真上の梁(はり)を見つめていた。

「雪掻きを終えた橋の上に、あいつら団子の串を投げ捨てやがった。拾えと言うと、お前が拾えと笑いやがる。かっと頭に血が上って、捨てた串をあいつらに叩き付けてやった。無性に腹が立ったんだ」

「気持ちはわかるけど……」

源蔵は首を横に振った。

「腹が立ったのは串を捨てたからじゃねえんだ。こんなどうしようもねえ奴等が俺の持ってねえもんを持っていやがる」

源蔵はひとつ溜息を吐くと「若さよ」と言った。

「その若さをよ、みすみす無駄にしていやがる。そう思うとよ……。悔しかったんじゃねえな。俺ぁ、羨ましかったんだ。望めばお前ぇみてえな女を女房にすることだってできるあいつらがよ」

「源さん……」

源蔵は梁からお初に目を向けると、ふっと笑った。

「俺ぁ、お父っつぁんにはなれねえよ」

そう言うと、布団から半身を起こした。呆然としているお初にそっと手を伸ばし、

「俺ぁ、お前ぇのそのぷっくりとしたほっぺたを、ずっと触りてえと思っていたんだからよ」

涙で濡れたお初の頬を指先で撫でた。

「ずっとずっと、お前ぇをこうしたかった」

お初の腕を取ると、お初をぐいっと胸に抱き寄せた。

「お前ぇはしろと一緒さ。隙間から俺ん中へするりと入ってきやがった」

「あたしは猫?」

お初は源蔵の胸の中で笑った。頬に顔を寄せ、髭がちくちくして痛いわ。そう言ってまた笑った。笑いながら新たな涙が溢れた。

「ねえ、ずっと傍にいて」

目をつぶり、源蔵の背をぎゅっと握った。

「お願いよ」

「ああ、約束するぜ。ずっと一緒さ」

「ずっとずっと。大川の川開きのときも」

そう言うと源蔵は、そいつぁーと困った声を出した。

「川開きの日は、橋番の一番忙しいときよ」

「………」

「お初、俺は橋番しかできねえ男よ」

「……わかってる」

「ありがとよ。けどな、俺ぁ、花火が上がればお前ぇと一緒に見てる。そう思うぜ。橋のどこにいてもよ。いつも、どこにいてもお前ぇと一緒だってよ」

それじゃあだめか、と源蔵は訊いた。

「ううん。それでいい。それでじゅうぶん」

お初は源蔵を抱きしめながら言った。源蔵に抱きしめられながら、それでいい。じゅうぶんよ。何度も何度も肯いた。


どん、と大きな音を轟(とどろ)かせ花火が上がった。金色の光の筋が瞬き、両国橋の上にいる大勢の人々を夜から浮かび上がらせると、川風に流れ、消えていった。周りから、おおっと歓声が聞こえる。

「きれいね」

お初は胸に抱いているしろに笑った。

人でごった返す河岸の通りの端にひとり立ち、お初は花火を見上げていた。源蔵を思って。

なのに源蔵は――。

源蔵は橋の上にはいなかった。東西の橋詰めの番所にも。どこにも。

源蔵は、年の初め、梅がもうすぐ咲こうかという時分に、突然ひとりで逝ってしまった。

あの日――。


「姉さん、親父っさんが川に流された」

ずぶ濡れになったトクが、お初のいる蕎麦屋に入って来るなりそう言うと、その場に呆然と立ち尽くした。そしてぽつりぽつりと話しはじめた。

数日前からつづいていた雨が、明け方から強くなった。昼に雨脚はますます強まり、とうとう大水となって両国橋を襲った。橋はすぐに通行を止め、川の警固に人足たちが駆り出された。一旦長屋に帰っていた源蔵も、雨の激しさに橋の様子を見に行き、まだ橋詰めの番所にいたトクと、そのまま警固に回ることになった。橋には渡りきれていない人たちが取り残されていて、源蔵とトクはそんな人たちを助け、東西のどちらか近い岸の方へ連れていく役目をした。ずぶ濡れになりながら、ひとり、ふたりと岸へ戻した。これが最後のひとりだと、源蔵とトクは怖さで腰が砕けた女を両脇から抱え、広小路がある西の橋の袂に連れ戻した。待っていた他の橋番に女を渡すと、「やったな」と笑いあった。が、ほっとしたのも束の間だった。助けた女が項垂れていた顔をはっと上げると、自分の右手を見つめ言ったのだ。

「子供がいない！」

「なんだって！」

激しい風雨の中、源蔵は怒鳴った。

「子供が、子供が。助けてくださいまし、助けて！」

女は橋番に縋りつき、半狂乱になった。

源蔵は来た橋を振り返った。トクも橋を見つめた。

荒れ狂う雨と風で橋の上はなにも見えなかった。時々、流れてきた小船が橋桁に当たり、
黒い川水を岸に飛ばした。

「お願いです。子供を、子供を」

女は橋に駆け寄った。

「危ねえ」

源蔵が女を後ろから抱えた。

女は抗った。抗いながら橋に向かって叫んだ。

それを聞いた源蔵の顔が歪んだ。

橋を見据え、「待ってな」と女に言った。

「親父っさん、むちゃだ！」

トクが止めても、

「お前ぇも待ってろ」

そう言って走って行ってしまった。

待っても待っても源蔵は現れなかった。

痺れを切らしたトクが「親父っさん」と叫んだとき、橋に源蔵の姿が霞んで見えた。だんだん近づく源蔵は、胸に小さな女の子を抱えていた。

「親父っさん、早く」

あともう少し。トクは源蔵に手を差し出した。が、そのときだった。

ゴオーン！　ものすごい音がした。なにかが橋桁にぶつかった。

「流木だ」

誰かが叫んだのと、橋がぶるりと震えたのが同時だった。

「トク！」

源蔵の呼ぶ声が聞こえた。

叩きつける雨の中、源蔵が抱えていた女の子をこっちに向かって投げる姿が見えた。

「頼む！」

声と一緒に女の子が宙を舞った。

必死に必死に両手を広げ、どん、と胸に飛び込んできた女の子を広げた両手で受け止めた。

「親父っさん、やったぜ！」

でも前を見ると、もうすぐそこにいたはずの源蔵はどこにもおらず、代わりに黒く長い流木が、橋の上に突き刺さるように転がっていた。

「親父っさん……。親父っさん。親父っさん、どこだよ！」

どんなに何度も叫んでも、源蔵からの返事はなかった。

事の顛末をトクが話し終えたとき、トクの足許には、軀から滴り落ちた雨水で水溜りができていた。

「嘘よ」

お初は水溜りを見つめながら言った。

「だって今朝だって帰ってきたあのひとと一緒に朝餉を食べたもの。ここに出掛けるときだって、じゃあ行ってくるわって言ったら、おう、気張れよって、送り出してくれたもの。そのあのひとが——。嘘よ、嘘っ！」

捜しに行く、とお初は店から飛び出そうとした。そのお初の腕を摑んでトクが止めた。

「もう広小路から向こうへは行けねえ。今は誰も捜しには行けねえんだ」

「そんな……」

お初はその場に崩折(くずお)れた。

信じない。絶対信じない。そう思った。

けど、川が治まり、濁りが消え、橋に賑わう人々が戻ってきても、源蔵の行方は知れなかった。

「お初さん、またここで一緒に暮らさない？」

お加代はそう言ってくれたが、お初は源蔵のいない長屋に毎晩帰った。半纏を抱きしめ、源蔵の匂いを胸いっぱいに吸って眠った。

「しろ、源さんはほんとうに、もうどこにもいないのかもしれない。もうどこにも……。しろ……しろ……」

腰高障子の板の割れ目から、にゃーと鳴いて帰ってきたしろを抱きしめ、声を出して泣いたのは、大川に桜の花びらが流れる頃だった。


どん、とまた花火が上がった。

「姉さん」と声がした。見ると目の前にトクが立っていた。

「しろと花火見物かよ」

へっと笑う。

「そういうあんたはなによ」

「俺は優雅に見物よ。なんたってこんなゆっくりした川開きは久しぶりだからよ」

トクは橋番をやめていた。

やめたと聞いてすぐ、大川の河岸の石段に座っているトクを見つけ、なぜ、と訊いた。

「おもしろくねえからよ」

そう言ってトクは寂しそうに笑うと、川下の方をじっと見ていた。

「今なにをして暮らしてるの？」

お初はトクに訊いた。

トクはそれに答えず、信じられねえよな、と呟いた。

「もうあそこに親父っさんがいねえだなんてな」

トクは賑わう橋を見つめていた。そして、

「あんとき」

橋を見つめたままぼそりと呟いた。

「あの大雨の日」

顔を苦しそうに歪ませた。

「母親が叫んだんだ。そしたら親父っさん、待ってろって。止めた俺に照れたように笑ったんだ。そんな親父っさんの顔を見たら俺ぁ……もう止められなかった」

「なんて」

お初は訊かずにはいられなかった。

「……その母親なんて言ったの？」

「……」

「ねえ、なんて言ったのよ」

「子供の名前を言ったんだ。……お初って」

「……お初……」

――おい、お初。

――なあ、お初。

――お初、ほら見てみろよ。

――お初。

自分の名を呼んで、笑う源蔵の顔が次々浮かんだ。

つうっと涙が頬を伝った。

「姉さん……ごめんよ」

トクも泣いていた。

「あんたが謝ることないわよ」

お初は涙を拭った。

「まったく。あのひとったら、どうしようもない馬鹿なんだから」

やんなっちゃうわ。そう言ってトクににっこり笑った。

「姉さん」

「で、あんた今なにしてるの」

さっき訊いたことをもう一度トクに訊いた。

トクは黙って俯いている。

「だめよ、しゃんとしなきゃ」

ほら、とお初はトクの背をバンッと叩いた。

「痛ってぇー」

「ちゃんと働かなきゃだめよ」

「だってよぅ……」

「あたしは……。あたしはちゃんと働いてるわよ。あの蕎麦屋でね」

「そっか」

「そう。だからたまには顔見せなさいよ」

「……うん」

「困ったときは猫の事」

「うん」

「あ、困ってなくってもよ」

「うん。わかった」

「あたしはいつでもあそこにいるから」

「そんときは蕎麦ぁおごってくれよな」

「合点承知(がってんしょうち)！」

お初は芝居のように見得を切った。

しろが合わせるように「にゃー」と鳴いた。

トクが笑った。

トクちゃーん、と若い女の声がした。

掛茶屋の前で手を振っている。

「呼んでるわよ」

ほら行った行ったと背中を押すと、

「姉さん、じゃあまたな」

トクは片手を上げ、走って行った。

「花火きれえねえ」

女のはしゃぐ声がする。

「お紋ちゃんの方がき、れ、い」

トクの声も。

「トクったら」

お初はぷっと噴いた。

それでいい。あんな顔は似合わない。

でもトクには嘘をついてしまった。ちゃんと働いてなんかいなかった。店には行ったり行かなかったり。行っても黙って蕎麦を運ぶだけ。

おお、と歓声が上がった。

見上げると柳の枝のように光が枝垂れ、散った。

「きれえ……」

ねえ、源さん見てる？

お初は胸の中で呟いた。

だって源さん言ったもの。

――俺ぁ、花火が上がればお前ぇと一緒に見てる。そう思うぜ。橋のどこにいてもよ。いつも、どこにいてもお前ぇと一緒だってよ。

そう言ってくれたもの。

それでいい。じゅうぶんよ。

だから明日からは――。

花火がまた上がった。

お初は空に向かって大きく言った。

「見ててね。ねえ、お前さん」

赤い花火が風に流れた。

その風にのって、懐かしい源蔵の声が聞こえた気がした。

こねきねま

『宿屋の富』余話

森川成美

一

「おりょう、おりょう。ほら、外に出て、客引きやっておくれな。そろそろみなさんお通りだよ」

　おっかさんの声だ。

「はーい」

　りょうは、たすきを外すと下駄の音をさせて、旅籠（はたご）の店先のほうに向かってかけだした。いくつの時からこんな客引きを始めただろうか。気がつけば、りょうも、今度の正月で十八になる。

　店と土間をへだてる暖簾（のれん）をくぐりかけて、ふと思いだした。

まだ雪に餌をやっていない。

日は傾きかけているので、しばらく表で客引きをすれば、真っ暗になってしまうことだろう。

通路にも台所にもなっている細長い土間に引き返すと、かまどの横に置いてあったざるから、だしを取った後の煮干しをひとつまみ取る。欠けた煮物椀に入れ、残りご飯をよそって、昨日の味噌汁をかけて、先の折れた古い箸でまぜた。

「ゆーき、ゆきゆき」

いつものように、敷地の奥にある坪庭に椀を置いて呼ぶと、生け垣をくぐってにゃおんと雪がやってきた。まずは礼儀だとでもいうように、りょうの足に腹のまっしろな毛をすりつけて挨拶する。それから、椀に顔を突っ込んで、かふかふと食べはじめた。

「こんなかわいいのに、おまえが貧乏神なんて、そんなことはないよねえ」

りょうは、雪の狭い額をぽんと叩いてから、店の外に出た。

木枯らしが、道を吹きぬけてゆく。

軒下に吊るした丸い看板には「旅籠　清水屋（しみずや）」と彫ってある。でも文字に塗られていたはずの色はすっかり消えていて、よほど近づかなければ読めない。

三人五人と連れ立った旅人が、どこに泊まろうかと、風にゆれる看板を見上げながら通る。

ここ、日本橋馬喰町は、浅草に入るちょっと手前、浅草御門の袂にある町だ。狭い土地に八十軒以上の旅籠屋がひしめきあう。諸国から江戸を目指して歩いて来た人々が、最後に草鞋をほどく場所だ。どの顔もほこりだらけではあるものの、やっと着いた、という気持ちで晴々している。

「今、お着きです？　お泊まりになりませんか？　ここの清水屋でございます」

りょうは、看板を指さしながら、よそ行きの声で旅人に言葉をかける。

小さいころは、この清水屋もにぎわって、雇い人もたくさんいたのだった。それが、店が寂れるにしたがって、一人減り、二人減りして、おとっつぁんとおっかさんとりょうの三人だけでやるようになった。おっかさんは夕餉の支度をしなければならないので、りょうが客引きをするようになった。おとっつぁんはといえば、旅籠屋の七代目なのに客引きは苦手だ。しかも人が好くて押しがきかず、商売に向かない。

もっとも、りょうだって客引きは好きではない。

「お姉さんが夜の相手をしてくれるのかい？　かわいい顔してるから、泊まってやってもいいぞ」

これが最初は嫌だった。今はもう慣れた。ちゃきちゃきっと答える。

「旦那さん、ご冗談を。うちみたいな普通の旅籠でそんなことしたら、手が後ろにまわってしまいます。そうそう、そこ曲がってまっすぐ行くと、小伝馬町の牢屋敷に突き当たりますよ。みやげ話に、いっぺん行ってみてくださいな。罪人のうめき声が、外まで聞こえるんですから」

「はあ、お江戸じゃ、女も、ずいぶん、ぺらぺらしゃべるもんだな」

「なんだ、おまえさんと寝られないなら、わざわざこんなおんぼろ宿に泊まるもんか。いくら田舎者ったって、馬鹿にすんじゃねえ」

「そうだ、行こう、行こう」

旅人たちが向こうを向くと、はす向かいの笹屋の客引きが、すかさず声をかけて、強引に引っ張っていった。

「りょう、やっぱ、あれかな、あいつのせいかな？　おっかさんの言う通り、追いだした方が良かったか」

帳場の火鉢の前に座ったおとっつぁんが、表の柵ごしに声をかけてきた。

「雪のせいじゃないですってば」

りょうは、おとっつぁんは信じないって言っていたくせに、とちょっと腹を立てて答えた。

先月のことだ。

おっかさんが、どこかから占い師を連れてきたのだ。

——大みそかの掛取り、今年はいよいよ払えそうにないよ。一家で夜逃げでもするしかないじゃないか。もうこうなったら、占いで、どこが悪いのか、教えてもらおうと思ってさ。

——そんなこと言ったって、おまえ、大みそかまでひと月とちょっとぐらいしかないのに、いまさら、この家の悪いとこ教えてもらったって、間に合うかい。

おとっつぁんは、のんきな声を出した。

——それに、ここの悪いとこなんざ、他人様に教えていただかなくても、わかってらあな。いまどき内湯がない。客は銭湯に行かなきゃならねえ。それに畳もぼろぼろで、屋根から雨漏りがする。根太は腐って落ちそうで、歩くと床がぶかぶかすらあ。

——おまえさん、わかってるんなら、なんとかしたら良さそうなもんだろ。

——なんとかって、それじゃこの店、建て替えるか？　そんな金がどこにある。

——あったら、あたしも掛取りの心配なんか、しやしません。

まあまあ、と占い師が夫婦げんかの間に割って入った。風さいのあがらない、仙人みたいなあごひげの老人だ。この人、占いが当たるなら、自分だってもうちょっとぱりっとしたかっこうをしていそうなものなのに、とりょうは思った。

——こちらは、お嬢さんですか？

占い師は、りょうの方を向いた。

――はい。

――おいくつで？

――次の正月で十八です。

――近いうち、きっとご良縁がありますよ。お顔に出てる。

おっかさんの顔が、ぱっと輝いた。

――どんなお相手ですか？

――そうだなあ……。

占い師は、りょうの頭のてっぺんから足の先までながめまわした。

――よく見えませんけれどねえ、お侍かなあ、いや、町人かなあ。

――どっちなんです？

おっかさんが、詰めよる。

――それが、よくわからん。

――なあんだ。お侍の家に玉の輿かと思いました。まあこの子は一人娘ですけど、良縁なら嫁にやったっていいんですよ。なにせこんなおんぼろ旅籠の婿に来てくれる人なんか、いやしないんで。

――そりゃそうでしょうなあ。

占い師は、うんうんとうなずいた。

――これが、客を追い払っておるからな。

え？　と指さす先をながめると、土間にちんと座る雪がいた。

――この、猫ですか？

――そうじゃ、これは「こねきねま」と申す種類の猫。

――こねきねま？

――招き猫の反対じゃ。

占い師は、からからと笑った。

――つまり、客を招くんじゃなくて、追い払うってことですかい？

最初から腕組みをしてぶすっとしていたおとっつぁんも、ついに口を出す。

――残念ながら、その通り。

占い師はそう言うと、手を出した。

――見料をいただきましょう。

おっかさんは、そんな貧乏神、すぐに追いだしてしまえ、と言ったけれど、りょうが、それはかわいそうと止めて、おとっつぁんも、あんな占い師の言うことなんざ、当てになるかいと反対した。

そんなわけで、雪は、ここにいられることになったのだ。

でも、と客引きをしながら、りょうも考える。

やっぱり、こねきねまなんだろうか。

柱で爪を研いだりしない、いい猫なんだけど。

雪がふらりと店に入って来たのは、一年前の冬、今ごろだったが、確かにそのころから、客がぱったりと来なくなった。それまでは、少ないとはいえ、それでも一晩に、一組か二組は来ていたように思う。

「旦那さん、今なら相部屋じゃなくて、一人一部屋で、お泊めできますよ」

声をかけても、いやいや、と手を振って、旅人は逃げるように去ってゆく。

うちは時代遅れなんだ、と旅籠屋のひしめく通りをながめながら、りょうは思う。

よそは早くに内湯を造っているだけでなく、江戸の市中案内や、買い物案内なんぞ刷って配ったりしているものなのに。もちろん、清水屋には、そんなことをする余裕はない。

だんだんと空が暗くなって、人通りはまばらになり、ついに本石町(ほんごくちょう)の時の鐘が暮六(くれむ)ツ(十八時ごろ)を告げた。

「りょう、もう寒いから閉めよう」

おとっつぁんは、言うが早いか、気短にもう表の戸を立てようとしている。

町の入口の木戸の閉まるのはまだまだあと、亥の刻（二十二時ごろ）だが、確かに遠くから来て、着く人はもうこれからは、いない。あれだけいた客引きもまばらになり、あたりは静かになってきている。

結局、今日も客は一人も来なかった。客は来なくても、夕餉の用意はしている。おっかさんの作る煮物のいい匂いだけが、虚しく店の中に漂った。

りょうが、後ろ向きにかがんでくぐり戸をぬけ、しんばり棒を通そうとしたところで、どんどん、と戸を叩く音がした。

「お願い申す」

若い男の声だ。

二

「りょう、客だよ、客」

おとっつぁんが、帳場ではずんだ声をあげた。ほとんど一年ぶりの客だ。

「はーい」

りょうは、今閉めたばかりの表戸を開けた。

入ってきたのは、一人。背の高いひょろりとした男だ。

羽織はかまに、柄を旅用の袋で覆った二本差し、柄ものの足袋の上に、草鞋を履いている。

すぐにわかった。

お侍だ。

「へい、いらっしゃいませ。お泊まりで？」

おとっつぁんが、手もみをしながら、近づいてゆく。

「ああ、しばらく頼む」

お侍は、そう言うと板敷に腰を下ろし、笠を脱いで、草鞋のひもをほどきはじめた。

「おりょう、たらいに湯を」

おっかさんまで表の土間に出てきて、そんなことを言う。

いつもだったら、お客に足を洗ってもらうのは水なのに、おっかさんはわざわざ湯と言った。りょうは、帳場の火鉢の鉄瓶を下ろしてたらいにあけ、裏の用水井戸から水を汲んできて温めながら、「近いうちに良縁が」と言った占い師の言葉をふと思いだす。

お侍は、絞ってある旅用の袴の裾をちょっと持ち上げて、足袋を脱いだ。足をたらいにつける。

りょうは、ぞうきんを湯に入れて、足をぬぐってやる。いつものことだが、長く歩いてきた旅人の足は硬くなっている。このお侍もそうだ。

乾いたぞうきんを差しだしながら見上げると、ふと目が合った。

合ったとたんに、相手は目をそらした。

町娘などは身分違いと見下げているからか。それとも気弱なのか。女に慣れないのか。

若い。りょうとあまり年は違わないぐらいかもしれない。

目元涼しいというのはこういうことを言うのか、とりょうは思った。目は澄んでいてくもりがない。邪念がないとでも言うのだろうか。でも、どこか寂しげに見える。

「宿帳をお願いしやす。決まりになっておりますもんで」

おとっつぁんが、墨硯と一緒に帳面を出す。

お侍は、正座して筆を取り、さらさらと書いた。

「細田(ほそだ)藩ってえことは、西国からおいでで?」

「ああ」

「江戸はお初めてで?」

「ああ」

「おひとりで？」

「ああ」

「ご用事ですかい？」

「まあ……そうだな、用事といえるだろう」

眉がひそめられた。

あまり自分のことを聞かれるのは嫌なのだ。でもおとっつぁんはお構いなしに聞き続ける。

これも決まりだ。妙な客なら、お上に届けなければならない。

「どのぐらいご逗留（とうりゅう）のご予定で？」

「まだ……わからぬ。人と、会うことになっておる」

「いずれ、細田藩のご藩邸にでも、お移りになるんで、ございましょう」

「いや」

答えは早かった。

「藩邸には参らぬ」

「では、お人にはどうやってお会いになるんで」

「向こうから来る」

「ここへですかい？」

「ああ」

だんだん、お侍は不機嫌になってくる。よそに泊まると言われたら困るじゃないの、とりようは心配になったが、おっかさんも同じ気持ちだったらしい。声をかけた。

「お部屋にご案内いたしますよ。こちらへどうぞ。お湯には、行かれますか？」

宿帳には「細田藩士　高岡正世」と書いてあった。

「細田藩は、南のいちばん端だろう。ずいぶんお遠いところから、それもお一人で、よく来られた。一人旅ってもんは、あぶねえし、心細いし、お侍だって大変だぞ」

おとっつぁんがつぶやいたところで、おっかさんが戻ってきた。渋い顔だ。

「なーんにもなしだったよ」

なし、というのは、茶代がもらえなかったという意味だ。

「一番上等な奥の離れに案内して、損した。あのお侍、宿賃払ってくれるだろうかね。おまえさん、ちゃんと前金取ったほうが良かったんじゃないのかい」

おっかさんは怒っている。

「おりよう、普通に四品でいいからね」

だいたいいつも出すのは四品、茶代が出れば五品と決めてある。

「いや、五品出しとけ」

おとっつぁんが、口を出した。

「なにか、訳ありの臭いがしねえか？　藩士ならまずは何を差し置いても、藩邸に挨拶に行くはずだろ。それなのに行かないで向こうから来るってんだ。ひょっとすりゃ、とんでも偉い方のご落胤で、お父上に呼ばれたとか」

「まさか。だって、着物の袖なんて、すり切れてたよ。そんな偉い方が国元からお子を呼び寄せるのに、お付きもつけず、一人旅なんて」

「いやさ、それが修行だってばさ。借金だらけの藩ばかりの中で、細田藩だけはえらく羽振りがいいって言うじゃねえか。漆塗りの駕籠で迎えに来て、小判の五、六枚もさ、お世話になりましたって、出すかもしれん。そうすりゃ、大みそかの掛取りなんざ、ちょいのちょいさ」

「おまえさん、なにを根拠にそんな。芝居じゃないんだから」

おっかさんはそうは言ったものの、台所に向かうりょうに声をかけた。

「じゃ、五品」

清水屋は間口は狭いが奥は長い。高岡の入った離れは、坪庭のもうひとつ奥だ。おじいさんの代には、ここで茶会などしていたこともあるそうだが、今は昔だ。

「ごめんください」

盆を縁側に置き、障子の手前で声をかける。

「どうぞ」

意外にていねいな声がして、障子を開くと、高岡は、おどろいたことに正座をしていた。普通、着いたばかりの旅人は、ほっとしてくつろぎ、帯をほどいて寝ころがったりしているものだが、高岡は違った。着物はちゃんと着たままだ。ただ、刀だけが二本、床の間にきっちりと置いてあった。

行儀の良い人だ、とりょうはびっくりした。ご落胤だなんて、おとっつぁんの言うのはばかばかしいような気がしたが、そうでもないかと思えてくる。

「夕餉をお持ちいたしました」

うん、と高岡はうなずいた。

「お給仕いたしましょうか?」

「頼む」

塗りのおひつの蓋を開け、茶碗にご飯をよそう。

高岡は箸を取ると、上品なしぐさで、でもあっという間にお茶碗一杯のごはんを食べた。

「頼む」

空の茶碗が、目の前に差しだされた。

「頼む」

おかずも食べないうちに、いったい何杯食べるんだろう、まるで何日も食べていなかった人みたいだ、と思っているうちに、あっという間におひつは空になる。

「おーや、空っぽ?」

おっかさんが、台所に下げたおひつを見て、渋い顔をした。

「毎日この調子だろうかね。お米持ってきてもらわなけりゃ。今月は頼まないつもりだったけど、持ってきてくれるだろうか。どうせ、米屋に会えば掛取りのことを言われるに違いないから、嫌なんだけど」

「大みそかには、すぱっと払えると言ってやれ。小判の五、六枚もありゃ、十分だろう」

おとっつぁんが機嫌よく声を出した。りょうが給仕をしている間に、座敷で一人、食事を始めている。客が来たというので、一本つけてもらって飲んでいるらしい。

「おまえさん、払いは、米屋だけじゃないんだよ、酒屋だって、八百屋だって」

おっかさんがすかさず台所から声をかける。

牽制したつもりだろうが、そう言うということは、おっかさんも、小判をもらえる気になっているのかなと思うと、ちょっと笑えてくる。

高岡が、ご落胤だという証拠など、なにもないもの、とりょうは思った。

高岡は、朝餉(あさげ)を、それもあいかわらずしっかりとおかわりをして食べると、出かける。そして戻ってきて、夕餉にはまたたくさん食べる。

だまって給仕しているのも、つまらない。

りょうは、話しかけてみることにした。

「江戸の町はいかがです？　毎日、あちこち行かれてるでしょ」

「どこまで行っても、町があるな。たいしたものだ」

「お国と、どっちがお好きですか？」

「そなたは、江戸を出たことはないのか」

「あたしはここで生まれて、ここで育ったんです」

高岡は、うんとうなずいた。

「それでは、ここが一番よかろう。私は二年の間、諸国をめぐったが、やはり国元が一番よい」

外からにゃんと声がした。雪だ。

「おお、来たか、来たか。入れ」

高岡は立ちあがると、障子を少しだけ開けた。

雪は、するりと入ってきた。

「食べろ」

高岡は、干物の魚の背のあたりを、箸でつまんで雪の前に投げてやる。

あら、もったいない、魚はお客用、お客の来ないときはおとっつぁん、と決まっている。

あたしだってそうは食べられないのに、とりょうは思ったが、雪はもちろんよろこんで、ぺろぺろと食べた。

「人懐こくてかわいいな。夜中に布団に入ってくる」

高岡は嬉しそうに言った。

「入れておやりになったんですか？」

りょうはちょっとびっくりして聞いた。そんなことをする客はいない。

「ああ。温かい。猫は。向こうもそう思ってのことだろう。お互い様だ」

と、ふふっと笑う。

この人の笑い顔を初めて見たと、りょうは思った。

笑うと目じりが下がって、やさしい表情になる。今まできつい顔に見えたのは、慣れない土地で、緊張していたせいだったんだろう、とりょうは思った。

お膳を下げると、雪はすぐに高岡のひざに前足をかけて、乗ろうとする。高岡は足をくずしてあぐらをかいた。雪は当然のように、くぼみにちんまりと収まる。

高岡は、雪の頭を荒っぽくぐりぐりと撫でるが、雪は平気だ。

「こいつ、福猫だぜ」

「ほんと？」

向こうもくだけた言葉で話しかけてきたからか、なんとなく敬語が消えた。言ってしまってから、お侍だから無礼と思われるかと思ったが、高岡は、気にもせず、うんとうなずいた。

「金目銀目だ。ほら」

高岡は雪のまぶたを、片方ずつつまんで引き上げた。雪は、嫌がりもせず、じっとしている。

「ほんとだ」

右のひとみが茶色く、左が青い。金と銀に見える。

「へえ、気がつかなかった……」

「そうか？　ここの飼い猫だろ？」

「うん、だけど、そんなにじっくり、目まで見なかったもの」

ふふん、と高岡は笑う。

「金目銀目になるのは、どうやら、白猫に限るらしいぞ」

「白猫は、金目銀目なの？」

「いやいや、逆はそうとは限らないんだ。国元の家にも白猫……ああ……」

高岡の言葉はいきなりため息に変わり、唇がゆがんだ。

りょうはふと、自分の手を伸ばし、雪の背に置かれた高岡の手を握ると、上下にゆすっていた。

「元気、出してくださいな」

高岡はびっくりしたように目を大きく開いて、りょうを見つめた。

「いえ、今、ひどく辛そうな顔されましたから」

りょうは言い訳のように言った。もちろん、ただの励ましのつもりだった。それにしても、なんで女の自分から手なんか握ったのか分からない。客にそんなことをしたことは、今まで一度もなかった。

急に恥ずかしくなって、手を放し、そそくさと部屋を出た。

高岡の手の大きくてごつごつした感じが、掌に残っていた。剣を握ってできたまめだろう。まめのないところは、妙に柔らかくて温かかった。

三

雪は、福猫なのか、貧乏神なのか。

「ねえ、おまえはいったいどっち？」

見るたびにしゃがんで聞いてみる。

雪は知らぬ顔だ。

高岡は、十日も二十日も逗留したまま、年末になろうとしていた。

「だあれも迎えに来る気配なんか、ないじゃないか、おまえさん。ちょいと確かめた方がいいんじゃないのかい。ちゃんと宿賃払ってくれるんだろうねって」

「おまえ、聞けよ」

「あたしは、やだよ。こういうことは、主人の仕事じゃないのかい」

おとっつぁんとおっかさんが、言い合っている。

結局、おとっつぁんが負けて、離れに行った。

なにかどきどきする。

もし払えないと言われたら、どうしよう。

「いよいよ、夜逃げするしかないねえ」

おっかさんが、まるでりょうの心の声が聞こえたかのように、つぶやく。

「もう、これ以上金を貸してくれる親戚もないし、掛取りだって、待ってはもらえない。一家三人、いったい、どこに行こうかねえ」

心がずんと暗くなる。

逃げても、そのあとどうやって食べてゆくというのだろう。

「運の悪いことに、今回は、富くじまで一枚残っちまって」

おっかさんが、帳場の机の上にぽつんと置かれた紙札を指さす。

「いつもなら売りきるのに。もう、あと三日で、富突きだあね」

店の売上の足しに、と帳場で売っている富くじだ。くじの当たり外れが決まる富突きまでに売れなかった分は、うちで引きとることになっている。

「引きとったってねえ。どうせ、こんなもの当たりゃしないんだから」

当たりもしないものを、売っているのも変だが、一枚一分(いちぶ)だ。けっこうな値段だ。引きとるとなれば、こちらが一分を出さなければならない。

おとっつぁんの下駄の音がした。離れから戻ってきたのだ。

「おまえさん、どうだった」

「金のことなど、そもそも、われら武士の考えることではない、だとさ」

「やっぱ……」

おっかさんが、言いかけるのをおとっつぁんが制した。

「いや、だが、そのうち、十倍にでも払ってやるから、待っておれと言うんだ」

「そのうちって、いつ？」

「それは聞かなかった」

「なーんだ、それが一番肝心じゃないかい。お使者が来るかとか、迎えが来るかとか、言わなかったのかい？」

「それも聞かなかった」

「ばっかじゃないかい。人が好すぎるよ」

おっかさんは怒ってしまった。

「あたしたち、夜逃げしようかって瀬戸際なんだよ」

「武士に二言はござらん、大丈夫だ、って言うんだ、それ以上聞けるかよ」

「おまえさんがそんなだから、この家は傾いちまったんだ」

おとっつぁんとおっかさんは、ふんとお互いそっぽを向き、だんまりを始めた。こうなると、いつも三日ぐらいは、しゃべらない。

家の中が湿ってやりきれないからか、次の日、おとっつぁんは朝早くからどこかに出かけ、おっかさんは、米屋のおかみさんに掛取りのことをもういっぺん相談してくると、いなくなった。

台所のため水で、茶碗を洗う。

井戸のほうでは、ざばざばと水音がしていた。

高岡は、銭湯には行かない。朝、坪庭で一心に素振りをしたあと、いつでもこうやって、井戸の横で水浴びをする。おっかさんが、冬の水はつめたくてやりきれないでしょうと言ったら、これも修行です、と答えたということだけれど……。

ふと考えた。

高岡はお金がないから、銭湯に行かない、いや行けないのじゃないだろうか。

雪がやってきて、にゃーんと足にまとわりついた。

そうだ、占い師は雪のことを「こねきねま」だと言ったのだ。招き猫の反対で客を追い払うと。

だが雪は、高岡に懐いている。

ということは……。

「あいつは、客じゃない」

りょうは、口に出してつぶやいた。

そうだ、そうに違いない。高岡は、はなから宿賃を払う気などない。というか、払えない。ご落胤でもなければ、迎えも使者も来ない。

一文無しだ。

すべてのことが、すぱっとこの一つの結論に結びついた。

ここに来た日、まるで何日も食べていないかのようにごはんを食べたこと。着物がすり切れていること。出かけても、何の用事もしている気配のないこと。藩士のくせに藩邸に行かないこと。

藩士だなんて、そもそも嘘っぱちだ。

素浪人の流れ者に違いない。

「食い逃げの泊まり逃げってことじゃないか。こっちが町人だからって、ばかにするんじゃないよ」

りょうは、がちゃんと茶碗を流しに置いた。

ちゃんと糺してやる。

払えないなら追いだしてやる。

だけど……と、もう一度考える。

必ず払う、武士に二言はない、とか言われたら、おとっつぁんのように反論できない。

ふと、帳場に目をやると、机の上の富くじが目についた。

そうだ、あれを売りつけてみよう。

金を持っているかどうか、わかるだろう。


「ごめんください」

声をかけ、離れの障子を開けて入る。

「なんだ?」

雪はあいかわらず、高岡のあぐらのまんなかに丸くなっていた。

「富くじ買ってくれませんか。一枚だけ残ってしまったんです」

「富くじ?　なんだ、それは」

りようは、くじ札を、高岡の前に置いた。朱印がたくさん押され、墨の痕も鮮やかに、大きく「子一三六五」と書いてある。

「あさって、そこの椙森稲荷で富突きっていうのがあるんです。箱の中に数を書いた札を入れて、錐でもって、外からえいっと突く。それで、この番号が当たれば、一番は千両、二番は五百両もらえる」

ふふん、と高岡は鼻で笑った。

「富突きか。聞いたことはある。だが、子の番号だけで千番以上なら、更に丑、寅……とあれば、一度に何万枚も売るのだろう。この一つが当たるはずなどない」

「そうですけれど、売れのこると引きとらなければならなくて、困ってるんです。長逗留のお客様ですから、ちょいと助けると思って、買ってくださらないかと……」

高岡は、腕組みをした。宿賃を払わずに悪いな、とは思っているのだろう。

さあ、どうする、とりょうは思った。

断るか、言い訳をするか？　金がないというなら、宿賃を払えないことを明らかにして、出て行ってもらうだけだ。

「よし、買おう、いくらだ？」

え？　買う？

あまりあっさりとした返事に、りょうのほうがびっくりしたぐらいだ。だが、買ってもらえるなら、文句はない。

「一分です」

高岡の目が、宙におどった。しまった、とでもいう顔だ。

少しの沈黙がある。

やっぱりないんだ、払えないと言うんだ。

さあ、言え。言ったら、すぐさま、出て行ってくれと言うから。

だが、高岡は腕を組んだまま、両肘を上げて、袂をまさぐった。

「では、一分」

目の前の畳の上に、四角い銀貨が静かに置かれた。

「ありがとうございます」

当てが外れたような、ほっとしたような、妙な気持ちだ。

銀貨を両手でいただいて、離れを出ようとしたとき、高岡が声をかけた。

「ちょっと、待ってくれ。あと、これで……」

振り返ると、高岡はもう一枚小さな銀貨を差しだした。一朱だ。

「白布を二反ほど買ってきてくれ。それから、墨と硯と紙を持ってきてはくれないか」

はい、と受けとりながら、りょうは、狐にでも化かされたような気がしていた。

四

白布を届けると、高岡は気前よく、釣りは取っておけと言った。

なーんだ、持ってるじゃないの、それにしても、初めて心づけを出したわ、早く出せばいいのに、と思いながらも、何か引っかかる。

まだ夕餉の支度をする時間ではないのに、台所に立って、あれやこれやとやってみながらも、やっぱり気にかかる。

気になったのは、白布を受けとったときの高岡の目だった。

底のないような暗い目だ。

思いつめたような。

「まさか……」

離れに走る。

「ごめんください」

障子を開けようとすると、

「入るな」

鋭い声がした。

構わず障子を開く。

あっ、と息を呑んだ。

高岡は、白布を敷いた上に正座し、紙を巻いた脇差を手前に向けていた。着物は胸から腹のところまで、はだけている。切腹か。

「なにをするんです」

「邪魔するな」

「やめてくださいよ。こんなところで死なれちゃ、迷惑です。一番上等な部屋なんですからね」

「なに、切腹が迷惑だと？　失敬な、武士の名誉をなんと心得る」

高岡は、うなるように叫ぶと、さっと立ちあがった。

そして長い方の刀を取り、さやを抜いて振りかぶった。

びゅんという風切音がした。

きらり、と刀の返す光が、目を射る。

「ひぇえ」

ああ、お手打ちだ。あっちはお侍でこっちは町人、無礼者と切り捨てられても文句は言えない。

足の力が一瞬にして消えてなくなった。りょうは、畳に尻をつけて着物の裾をはだけ、足を開いたかっこうで座っていた。這ってでも逃げたいと思うものの、どうにもならない。亀のように首がすくみ、背筋は固まって動かない。高岡を見上げることも、声を出すこともできない。もう、これでおしまいだ。りょうは死ぬのだ。

余計なことを言ってしまった、という後悔だけが、胸の中でうずまいた。

どくどく、どくどく、と胸の音がする。

息ができない。

どのぐらい、そうしていたのだろうか。

きらり、ともう一度、光が目に入った。

ああ、今度はだめだ、と思った瞬間、どんと音がして、なぜか畳がゆらいだ。

いったいなにが起きたのだ、と考える間もなく、真正面に、高岡の顔が見えた。

まるで鯉のように口をあんぐり開けている。かっと開いた目は、うつろだ。

なぜ、ここに高岡の顔があるのだ、と思って目だけを回してみると、高岡も尻もちをついている。さっきのゆらぎは、それだったのだ。

「だめだ」

うめき声と共に、刀が一間ほど先に向けて、放りなげられた。

「人を斬るなんぞ、私には、できない。とうてい、できない」

高岡の口はゆがんだ。そして、幼い子のように両手で顔を覆った。

泣いているのか？

逃げることも忘れて、りょうは唖然として高岡を見つめた。

だが次の瞬間、高岡はなにかに気が付いたかのように、いきなり脇差を手に取ると、素早く自分に向ける。

「ちょ、ちょっと。やめてったら、やめてください」

りょうはここでやっと金縛りを解かれ、体ごと飛びつくようにして、高岡の手を押さえた。口は乾いてからからだ。かすれ声しか出ない。

「め、名誉かなんか知らないけど……そ、そんなことされたら、うちは畳だって変えなきゃならないし……第一この部屋が使えなくなる」

「いや死なせてくれ。私が死んだら、この大小の刀を売って、宿賃に充てるが良い。そのことはちゃんと、そこの手紙に書いてある。これでも私の家に代々伝わる刀だ。売れば宿賃の十倍ぐらいにはなろう」

そのうち払うとかいうのは、このことだったのか。

「でも、せめて、せめて、切腹の訳ぐらいは、聞かせてください」

りょうの手を振りほどこうとする高岡の力が、急にゆるんだ。

高岡は、観念したように、脇差を畳に置いた。


「……私は、仇討をせねばならないのだ」

「あだうち?」

人を斬る仇討がなぜ、自分を殺める切腹になるのか。訳が分からない。

高岡は話しはじめた。

ことの起こりは、藩の勘定方であった高岡の父が、吉村という同僚が藩の金を使い込んでいることに気がついたことだった。高岡の父は、ことを公にする前に、最後の機会を与えてやろうと、吉村を家に呼んで、自ら潔く話すようにと諫めた。ところが、吉村は逆上して刀を抜くと、高岡の父を斬りつけて逃げた。そして父は死んだ。

高岡の父には、兄がいた。つまり高岡の伯父だ。伯父は葬儀の際に、仇を討つべきだと言いはじめた。一族の長である大伯父も賛成し、親戚一同の意見がまとまり、仇討を願い出ることになったのだった。

「そして、赦免状をいただいた」

「しゃめんじょう?」

「そうだ。仇討をしてよいという、お許しだ。そして殿からは、資金として二十両の金子(きんす)を賜った」

二十両とは、相当な額だ。だが、実際に仇を討ちに行くのは、長男である高岡なのだった。

「吉村はどこに行ったか、皆目分からなかった。僧侶の姿をして、寺を泊まり歩いているらしい、ということだけ、うわさに聞いた。私は二年の間、諸国をめぐった。そして、ついに資金が尽きた。先程そなたに渡した一分と一朱が、最後の金だ」

「じゃあ、最初から食い逃げ、泊まり逃げのつもりでうちに来たの。ひどい」

りょうが思わず叫ぶと、高岡はぱっと赤くなった。

「最初からではない。江戸に吉村がいれば、それで良し、仇討を果たして藩邸に行き、国元に手紙をやり、金を送らせて払うつもりだった」

「じゃ、さっさと行くか手紙を書きゃいいじゃないですか」

「できない。それはできない。殿に金子まで賜ったのだ。仇討を果たさなければ、藩邸にはおめおめと顔を出せない。国にも戻れない」

「はぁ…まったく、ややこしいんですねえ、お侍って」

高岡は、うんとうなずく。

「そなたには、本当のことを言おう。実は、半年前だが、一度だけ吉村を見た。加賀でのことだ」

「へえ、それで、首尾よく斬りつけたんですか？」

「いや……できなかった。刀を抜こう、抜こうと思っているうちに吉村は通りすぎ、角を曲がって消えた」

「え？　なんで？　そのために苦労して、諸国をめぐって歩いたんでしょ。なんで抜かなかったの？　ひょっとして腕に自信がないとか？」

「いや、私は浦本流免許皆伝だ」

高岡は、ふうっとため息をついた。

「腕の問題ではない。肝の問題だ。私には肝がない。生きた人に斬りかかってゆく、そして殺す、その決心ができない。だめな侍だ。自分に刀を突きたて、切腹することも本当はこわいのだ。今まで何度もそうしようと思ったが、できなかった」

「じゃ、しなけりゃいいじゃないですか」

りょうには、高岡の言っていることがさっぱり分からない。したくないと分かっているのに、しなければならない、できないと分かっているのに、しなければならない、と言い張っている。なんだか、滑稽だ。

「そういうわけにはゆかない。仇討ができなかったとなれば、責任を取って死ななければならない、それが侍というものだ」

「それじゃ、やめたらどうです?」

りょうの言葉に、高岡はびっくりしたように目を大きくした。

「やめる? 侍を?」

「ええ、だめな侍なら、いっそやめてしまえばいい。侍じゃなくたって、生きてゆけます。あたしら町人だって生きてます。もっとも、夜逃げをするところなんですけどね」

「夜逃げ?」

「そう、あなたが宿賃払ってくれないなら、この旅籠は潰れてしまうんです」

「すまない、やはり私には、これしか方法がないようだ」

高岡は、また脇差を手に取ろうとする。

「待ってください」

りょうは、その手を押さえた。

「方法がないかどうか、とにかく富くじを見てから決めたらどうですか?」

「え? 富くじって?」

「一分出したのに、忘れてるんですか?」

「あ、ああ……」

そうだった、すっかり忘れていた、と言いながら、高岡はくじ紙を取り出した。

「これか?」

「そう。一番は千両ですよ。当たっていたらもったいないじゃないですか。そう、こんなのはどうです? もし千両が手に入ったら、侍をやめて、あたしと夫婦になる。そして、この旅籠をきれいにして、ここの主人になる、ってのはどうでしょう?」

ははは、と高岡は笑った。

可笑しいというより、やけっぱちというような甲高い笑い声だった。

「いいじゃないか、そう、そうしよう。もし一番が当たったら、侍を捨て、そなたと夫婦になって、ここの主になる。約束しよう。武士に二言はない」

五

なんであんなことを言いだしてしまったのか、自分が不思議でならない。

離れで切腹なんてされちゃ、かなわないと思っていたことは確かだ。だから高岡を止めようとして、苦しまぎれにあんなことを思いついた。

八方丸く収まるただ一つの方策だったかもしれない。だが、問題は、くじが当たるわけがないということだった。

もう一つの問題は、りょうと高岡が、お互い好きなわけでもないということだ。

なのに、夫婦になるなんて言ってしまった。

「でも、どうせ夜逃げをするんだし……」

夜逃げをした一家がどうなるのかわからない。いずれにしてもみじめな暮らししかないのなら、千両の当たった長者と結婚するのは、決して悪くはない。

だが、それもくじが当たっての話だ。

「当たるわけなんぞ、ないよねえ」

りょうは口に出して言った。

当たるはずなどない。

だけど、もし当たったら……。高岡の掌のごつごつしているが妙に柔らかい感じがよみがえった。


富突きの日になった。

朝から、椙森稲荷の太鼓のどーんという音が聞こえてくる。腹にしみる音だ。

「高岡様、見にゆかれないんですかい?」

おとっつぁんは、離れに声をかけている。高岡に売ったということだけは、告げてあったから、気になったのだろう。

障子は、すいっと開いた。高岡は、寝ぼけたような顔をしている。

「なにを?」

「なにをって、富突きです。子の一三六五番でしょ。今日ですよ」

「ああ、あれか……」

「あれかって、当たるかどうか、気にならないんですかい?」

「見るのはあとでもよいのだろう。当たり番号は、境内に貼りだすのだと、おりょうが言ったぞ」

この期に及んでも、なんだか、高岡はぐじぐじしていると、りょうは思う。

りょうはそういう性格ではない。

見るものはさっさと見て、白黒つけてしまいたい。

「おとっつぁん、あたし、見てきてやる」

下駄の音を立てて、かけだした。

旅籠街の角を曲がって、南のほうにまっすぐ走る。正面に小伝馬町の牢屋敷の高い塀が見える。牢屋敷の裏門あたりに突きあたって、左に曲がる。しばらく走ると、祭りのような人だかりが見えてきた。椙森稲荷だ。

曲がって参道に入り、人の間をくぐって、前に行く。

社の前は柵で囲われ、台の上に、さい銭箱のような大きな木箱が置いてあった。後ろに裃を着た寺社奉行や、世話人、宮司などがずらりと並んでいる。

「なんだな、千両当たったらお前はどうする?」

「おれは一番に吉原に行くな、なじみの女がいるんだ。うけ出してやる」

「おいらは、借金を返す」

「あっしは、お伊勢参りに行くよ。一生に一度は行ってみたいんだ」

みんな、手に紙札を握りしめて、わやわやと勝手なことを言っている。

まだ、何も決まっていないが、今すこしで、運命が決まるのだ。

「子の一三六五番だったたな」

ふりむくと、着流しの高岡が立っていた。

「結局、来たんですか? 気になるでしょう、やっぱり」

「当たりはせぬ」

高岡は鼻で笑うと両手を組んだままりょうの隣に並んだ。

「そりゃ、当たりなんかしませんよ」

りょうは、ちゃきちゃきと答える。

「当たったら、結婚しなきゃならないもの。そんなの、まっぴらよ」

高岡は何も言わず、暗い顔になって黙りこんだ。

結婚がどうとかより、侍を捨てることに、迷いがあるのだろう。

だけど、捨てなかったら死ぬだけじゃないの、とりょうは思った。

でももし、当たったら……千両が手に入ったら、気持ちもきっと変わる。だいいち、武士に二言はないと言ったじゃないか。

うちだって、家をきれいにして、内湯をこしらえて、また繁盛する旅籠になる。

ここに集まるみんなと同じく勝手な希望だ。分かっている。でも、そうすれば八方うまくゆくじゃないか。結婚なんてまっぴら、などと言ってはみたものの、そうなったらいい、そうなってほしいと考えている自分がどこかにいた。

富突きの儀式は粛々と進んでいた。祝詞があげられ、木札の入ったさい銭箱のような木箱が、男たちによって、がらんがらんとゆすられる。くじを均(なら)しているのだ。

目隠しをし、たすきがけをした男が、物干しほどに長い錐を持って、台に登った。

えいっと、その錐で、箱のてっぺんの穴から木札を突く。

そのまま木札を後ろに向ける。立ちあいの偉い人たちがおもむろにうなずき、読み手が甲高い声をだした。

「本日の御富、三番」

三番くじだ、三十両だ、という声がする。

約束は一番くじの千両のときのことだけだったが、三十両でも当たれば……と、りょうは思わずごくりとつばをのみこんだ。三十両あれば、高岡は、宿賃が払えるし、切腹するとは言わないかもしれない。

ちらりと横の高岡を見る。高岡もりょうを見た。目が合った。

「そなたの父に、宿賃が払えるな」

「それどころか、お釣りがきますよ」

実は宿賃を気にしていたんだな、とりょうは思った。

「釣りは、そなたにやる。私には不要だ」

死ぬということだ。

「そんなこと、言わないでくださいな」

りょうは、励ますように片手でぽんと高岡のふところあたりを叩いた。

するとと高岡は、叩いたりょうの手をつかまえた。りょうの顔を真剣にのぞきこむ。

「いや、やる。だから夜逃げはよせ。家を失った若い女が行きつく先は、ろくなものではない。私は旅の間、たくさんそういう女を見た」

真剣な瞳に吸い込まれそうになる。しかし、

「お情けはけっこう。ご自分のこと、お考えなさいな」

と、りょうは明るくそう言って、高岡の手の中から自分の手を抜いた。

読み手が続ける。

「寅の二五二五番」

あーあ、という声がする。

「当たるはずはなかったな」

高岡がつぶやいた。

「まだ、二番も一番もありますよ」

「そなたは、明るいな。いつもそう思って見ていた」

「へえ、知らん顔の冷たい顔だったくせに、よくおっしゃいますよ」

「冷たいのではない。侍はめったに自分の気持ちを顔に出してはならないのだ」

「そうですか、不便なこと」

ふふん、と高岡が鼻で笑った。

太鼓が鳴って、また錐の男が、富札を突いて、後ろに見せる。

「本日の御富、二番」

読み手が、甲高い声を出した。

五百両だぞ、という声がする。

あー、当たってくれ、と両手を合わせて祈りはじめる者もいる。

「当たるはずはありませんが、五百両でもお釣りくださいます？」

りょうはふざけて、高岡にささやいてみた。

「もちろんだ」

高岡は、さっきよりもくだけた顔で、うなずいた。

「私も、聞いてよいか。当たるはずはないが、五百両でも夫婦になってくれるか」

「もちろんですよ」

答えたとたん、高岡の手が、もう一度りょうの手をとらえた。

「未（ひつじ）の七九五七番」

あーあ、という声がした。

「当たるはずはなかったな」

高岡はそう言ったが、りょうの手は握ったままだ。

硬い肌の感触がする。でも温かい。

さっき、冗談のように夫婦になってくれるか、と聞かれて、よく考えもせずに、もちろんですよなどと言ってしまった。だけど、と思う。こうやって手を取られて、嫌な気はしない。

「まだ、一番が残ってますよ」

「ああ……」

「死にたくないんでしょ」

「え？」

「あたしも、死んでもらいたくない」

高岡の手に、ぎゅっと力が入った。

「当たるはずはない」

「そう、当たるはずはないですもの」

りょうも手を握り返した。

高岡の目がりょうの目と合った。りょうは気がついた。まっすぐな目の底は、この前のように暗くはなかった。

その時だった。

「本日の御富、一番」

ひときわ甲高い声がして、どどんと太鼓が鳴った。

ついに一番くじが読み上げられるのだ。

「当たるはずはないな」

読み手を見上げる高岡の手は、汗でしめってきたように感じられた。

「当たるはずはありませんけれどね……」

りょうは、手を握り返した。

「当たらなくても、夫婦になってくれますか？」

「え？」

高岡が、りょうを見た。

「なんとかしようじゃありませんか。その刀を売る、あたしたち夫婦になる、その気になりさえすりゃ、方法はあります」

「おりょう……」

その時だ。読み手の声がした。気をもたせるように、いままでの何倍もゆっくりと読みあげる。

「子の」

高岡の手が、小刻みに震えているように思えた。当たらなかった時に切腹しなければならないからか、それとも当たっていて欲しいという思いからか。

「千」

りょうもどきどきしている。

顔はほてって、額に汗が流れた。

どうなるのか。

当たらなくても夫婦になってくれるか、に高岡はまだ返事をしていない。

「三百」

だが、当たりはしない、当たりはしない。三百とつくものは、百あるはずだ。

「六十」

え、まさか。

十の桁は一緒だ、足が震えた。でも、当たりはしない。分かっているが、当たらないと思ったとたん、苦しいのだか、さびしいのだか、胸がぎゅっと締めつけられるような感じに襲われた。

いや、当たらなくっても、がっかりはしない。当たれば嬉しいが、当たらなくたって……。

「ねえ、当たらなくたって、あたしたちやってゆけます、そうじゃないですか」

りょうは高岡にささやいた。

「うむ」

高岡は泣きそうな顔で、うなずいた。

「五番」

読み手が読み終わったとたん、あたりがざわめき、ああ、というため息があちこちで上がった。札を破り捨てて、踏みつける者もいる。

その気配を感じながら、りょうは全身がしびれたようにぼうっとしていた。

「やはり当たらなかったな」

高岡が、呆けたようにつぶやいた。

「当たるはずなどない。子だけでも千番以上あるのだ。更に丑、寅……とあれば、一度に何万枚も売るにちがいない。この一つが当たるはずなどない。当たるはずなどない」

え？　とりょうは、しびれたような感じからはっと我に返って、高岡の顔を見あげた。

「当たりは、子の一三六五番ですよ」

りょうは、震える唇で、ようやくつぶやいた。

「そうだ、子の一三六五番だったな。運の良い者が、世の中にはいるものだ。人の世は、運次第で、一瞬のうちに、天から地へ、地から天へと変わる」

「ですから、子の一三六五番が当たりですよ」

「そうだ、子の一三六五番じゃないですか」

「ああ、私は子の一三六五番だ。外れたな。残念だった。だがおりょう、そなたがこのくじを私に買えと言ってくれたから、私は夢を見ることができた」

高岡は自分に言い聞かせるように、なおもつぶやいている。

「考えてもみないことだった。この二年間、仇討のことと、どうやって死ぬかということしか私にはなかった。だが、今、外れると分かるほんのちょっと前に、私はそれ以外の生き方について、思い描くことができた」

うん、と高岡は自分の言葉にうなずいた。

「思い描くことができたその生き方を、私は手放すことができるか。いや、できない。一瞬でもそなたとの、幸せな人生を考えてしまったからにはな。たとえ富くじに外れたとしても、それがなんだ。やろうと思えばできるのではないのかと、私は今、思っているのだ。侍としては、確かにどうしようもない男だが……他の生き方もあるのではないかと」

高岡はりょうの方を向き、決心したように言った。

「こんな私でも、夫婦になってくれるか。おりょう」

「なに寝ぼけてるんです。ばかじゃないの」

りょうは、高岡の背中をどんと叩いて、その肩を大きくゆさぶった。

「当たったんですよ、当たったの。千両」

「え？」

「札を出してごらんなさい」

高岡は急にまぬけ面になって、ふところから慌てて紙札を引っ張りだした。

りょうも、ひょっとして覚えちがいだったかと、どきどきしながら、高岡が紙札を広げるのを見つめる。高岡の指は震え、なかなか紙は開かない。

「子の……一三……六……五」

「まちがいない、まちがいないですよね」

「ああ、まちがいない。当たったんだ」

「よかった、よかった」

「当たったんだ」

「よかった、当たった」

いつのまにか、りょうは高岡と抱き合っていた。

「おとっつぁん、おっかさん」

りょうは下駄の音を立てて、店に飛び込んだ。

あとから高岡も続いてくる。

「当たったの、当たったのよ、千両」

「……へ？」

帳場に座っていたおとっつぁんは、なにごとかと立ちあがったものの、訳がわからないのか、ぽかんとした顔をしている。

「そう、千両、子の一三六五番よ。そして、あたしたち、夫婦になるの」

「ええっ、め、め、めおと……」

おとっつぁんは、帳場の床にふらふらと座り込んだ。

「おまえさん、そりゃ、冗談に決まってるさ。おりょう、からかうのもいいかげんにおし」

おっかさんが、暖簾を押しあけて台所から出てきた。

「おっかさん、冗談じゃないわよ。ほらこれを見て」

りょうがくじ札をひらひらさせると、おっかさんは顔を寄せてのぞきこんだが、そのとたん、

「ひえええ、あ、当たり、当たりだ。当たった」

と、町中に響き渡るような大声を出してのけぞり、土間にひっくり返った。口をあわあわさせている。

「おっかさん、大丈夫?」

「だ、大丈夫もなにも、こ、腰抜けちまった」

大騒ぎをしていたせいか、通りすがりの人も、近所の人も集まって来た。

「いったい、どうしたんです?」

「なんと、なんと、清水屋で買った富くじが当たったと」

「一人娘と結婚するんだと」

「当たりを出しただけでなく、千両長者のお婿さんまでみつかるとは……」

「運の良い店だ」

「おれも次はここで買おう」

にゃん、と細い声がしたので、見ると雪がいた。

「おまえのおかげよ。貧乏神なんてとんでもない。福猫だったわ」

りょうは雪を抱きあげた。

「ここをきれいにして、おまえの絵を、清水屋の看板にしようね」

「おりょう、そいつは、まずいよ、まずい」

と、おっかさんが、やっと我に返って、手を振った。

「福猫かもしれないが、『こねきねま』だ。客を追い払っちまうよ」

「では、私が町道場でも開きましょうか。弟子ならば、客ではないからな」

高岡の言葉に賛成でもするように、にゃーんと雪が大きな声をあげた。

旅猫

近藤史恵

お縫(ぬい)は書見台の草双紙(くさぞうし)を閉じて、ごろんと横になった。

このあいだ、干したばかりの畳の匂いを吸い込む。

はじめてこの茶室に連れてこられたとき、真新しい畳は、い草の強い匂いがした。それを思い出すと胸の奥を突かれたような気がした。

今は、思い切り吸い込まないとい草の匂いはしない。その代わり、湿ったような匂いがする。もう十日ほど長雨が続いているから、そのせいだ。

早く晴れればいい。そうお縫は思う。外に出ることのないお縫には、天気などどうでもいいかもしれないが、やはり全然違うのだ。

晴れた日は、明かりとりの窓からお日様が差し込んできて、いい気持ちになれる。ほんのりぬくもった畳の匂いも好きだ。

たまに、一時かそこら降る雨は嫌いではないけど、いつまでも降り続く雨は気持ちが塞ぐ。まるでお縫のこの先みたいだから。

お縫がこの茶室に連れてこられたのは、十一歳のときだ。

外で遊んでいるところを、見知らぬ男に拐かされそうになった。ぐいとつかまれた腕の痛みははっきりと覚えている。身体を持ち上げられたから、必死に声を上げた。

ちょうど通りかかった人がその声を聞きつけて、男はお縫を置いて逃げた。誰も通らなかったらどうなっていたかわからない。

だが、その日からお縫の母は、まるで変わってしまった。

お縫が外に出ることを嫌がり、習い事もすべてやめさせた。人の出入りの多い母屋ではなく、この茶室にお縫を押し込め、手水と風呂のときしか外に出てはいけないと言った。

退屈を紛らわせるため、本だけは山ほど与えられた。

それから、もう五年が経った。

いつか、婿取りが決まったら、ここから出してもらえる。お店の奉公人の中から、商才のある若者を選ぶのだと聞いている。

自由になれるのはうれしいが、どんな人が婿になるのかわからないから、不安の方がずっと大きい。

お縫の家は、老舗の木綿問屋だ。三十人だか四十人だかの奉公人が、朝から晩まで立ち働いている。母屋にいたときは、奉公人たちに可愛がられ、いつも遊んでもらえた。今、会えるのは母のお鶴と、何人かの女中だけだ。

風呂で母屋に行ったときに、他の奉公人の顔を見ることはあるがそれだけだ。名前も知らないし、話をすることもない。

父の文左衛門には、長いこと会っていない。昔から可愛がられていたわけではない。昔、木根屋の一人娘と聞くと、店にきた客はよくこう言った。

「お父上は、目の中に入れても痛くないほど可愛がってらっしゃることでしょうなあ」

それが不思議で仕方なかった。お縫の父は、お縫の顔すらよく見ようとはしなかった。母屋で会ったときも、ぬうと上から黙って見下ろすだけで、話しかけることもない。

茶室に閉じ込められてからは、会いにくることもない。もう父の顔など忘れてしまったような気がする。

まだ茶室で暮らすようになる前、女中たちが噂しているのを聞いた。父には別宅があってそちらの方に通い詰めなのだと。そのときは、もうひとつ家があるのだと思ったけれど、今は知っている。そこで父は女の人を囲っている。母よりもその人の方を大事にしているのだが、母は木根屋の血筋で、父は入り婿だ。母を離縁することはできない。

自分が木根屋のご新造と呼ばれるようになるなんて、ひどく難しいことのように思える。母がやっているように、奉公人をとりまとめることなどとてもできないし、客に愛想よく振る舞うこともできない。

この小さな茶室で、草双紙を読んでいる方がどんなにいいかわからない。

それよりも、お縫は旅に出たい。草双紙にお伊勢参りの話が出てきたり、登場人物がどこかに旅をするたびに、胸がどきどきした。

てくてくとどこまでも歩いて行って、毎夜、違う宿場の違う旅籠で眠る。舟に揺られて、知らぬ場所に向かう。川を渡し舟で渡る。見たことのない、大きな海を見る。

どれもお縫には、夢のように思われる。

だが、夢ではない。曲亭馬琴の八犬士や、大蛙に化ける児雷也などと違い、旅する人はいくらでもいる。女が旅をするのは難しいが、できないわけではない。

この前読んだ本には、お伊勢参りをする犬の話が出てきた。

最初はそれも、おもしろおかしく描かれた嘘の話かと思ったが、どうやらそうではないらしい。

犬は人について歩く。餌をもらえたり、可愛がってもらえれば懐いて、一緒に旅をする。

飼い主がお伊勢参りに向かう人に犬を託せば、犬はその人と一緒に歩き、夜になれば旅籠の土間で休む。

お伊勢参りに向かうありがたい犬だから、路銀を取り上げるような人間はいない。お伊勢様に着けば、宮司様も慣れたもので犬の首に御祓をくくりつけ、そして今度は江戸に帰る人に託す。

あまりに可愛らしくて、お縫は何度もその件を読み返した。どんなだろうと想像して、笑顔になった。

だが、その次に押し寄せたのは、どうしようもない寂しさだった。

犬にもできることが、お縫には許されない。お縫の世界はこの小さな茶室だけだ。

もともと走り回るよりは、錦絵を見たり、本を読んだりする方が好きだったから、耐えられないわけではないが、それでも自分の知る風景があまりに狭くて寂しくなるだけだ。

いつかご新造さんと呼ばれるようになり、母や夫が許してくれるようになれば、お伊勢参りや熊野詣でに行けるのだろうか。それはお縫の中ではあまりに先のことで、ないのと同じだ。

十年、十五年先に許されても、もうその頃には行きたい気持ちなど萎れてしまっているのではないだろうか。

女中のおよしがたまに活ける、床の間の花みたいに。

お縫には、今日と、その十年先がつながっているとは思えない。茶室に閉じ込められるまでと、そのあとがつながっていないように。

泣きたくなって、洟をすり上げたとき、にじり口に人影が見えた。

たぶん、およしだ。夕餉の膳を運んできたのだ。

お縫は起き上がって襦袢の袖で涙をごしごし拭った。

にじり口が開いて、およしが膳を中に置いた。およしはよく太っているから、にじり口につかえてしまいそうだといつも思う。

「お嬢様、今日はよい唐茄子がありましたよ」

膳の上には、お縫の大好きな、卵のふわふわも載っている。少しだけ寂しい気持ちが和らいだ。

「そうそう、よいお知らせがありますよ。明日、親戚のお嬢様が遊びにいらっしゃるそうで、奥様がお嬢様のよいお友達になれるのではと、お話ししておられたんですよ」

その一言で、卵のふわふわもどうでもよくなってしまった。

この茶室で生活するようになってから、お縫には友達がいない。昔は乳母の子供と遊んだし、鼓の稽古で友達ができたこともあったが、乳母はもう田舎に帰ってしまったし、鼓の稽古はやめてしまった。

お縫は身を乗り出した。

「どんな人？　いくつなの？　なんて名前？」

「まあ、お嬢様、わたしはそのお話を聞いただけで、そのお嬢様にはまだ会ったこともないんですよ」

がっかりだ。明日まで、どんな人かわからないまま待つなんて、とても我慢できそうにない。

草双紙は読んでいけば話が進むのに、現実は意地悪だ。

頭の中で、その娘の姿を思い描こうとしたが、少しも形にならない。材料がなにもないのだから、仕方ない。

お縫はあきらめて、膳の前に座った。


その夜はあまりに楽しみで眠れなかったのに、朝になると不安の方が大きくなる。

上手く話せるだろうか、意地の悪い子ではないだろうか、その子はお縫のことを好きになってくれるだろうか。

みっともない娘だと思われるのが嫌で、およしに髪を結い直してもらい、珊瑚のかんざしを挿した。卵色の振袖を着てみたが、子供っぽく見られるような気がして、臙脂のよろけ縞の小袖を着た。

もらってから、一度も差してない紅を差した。慣れないせいか、ちっともきれいにならず、お祭りの子供の化粧みたいに見えた。

昼の膳が片付けられ、一時ほど経っただろうか。

母屋から茶室に向かう足音が聞こえた。お縫は耳がよいからすぐわかる。ひとりではなく、ふたりだ。

草履の音と、雪駄の音。たぶん、お店の若い衆だ。後から追い掛けてくるのがおよしだ。

さらさらと茶室の戸が開いた。およしが身体をかがめて入ってくる。

「お嬢様、お時様がいらっしゃいました」

その人は、時という名前なのだとはじめて知った。

嗅いだことのない香りがした。衣擦れの音を立てながら、その人は茶室に入ってきた。

「お縫様、お初にお目にかかります」

切れ長の目が、お縫を見た。真っ白な肌と、薄い唇。不安になるほど整っている顔立ちなのに、瞳の色は優しい。

お縫は、なにも言わずに頭を下げた。

びっくりしすぎて、ことばが出なかったのだ。知らない人がくることはわかっていたのに、自分がなにに驚いているのかもわからない。

お時が、自分の知らない生き物に見えたからだ。

島田に結った髪も、金茶の絞りの振袖も、昔、鼓や長刀(なぎなた)のお稽古で会った、年上の美しい娘たちと同じなのに、なぜか違うと感じた。

お時が、あまりにも美しかったからかもしれない。

およしがお時に話をしている。

お縫のところに、人が訪ねてくることはめったにないこと。だからお縫は人見知りで、知らない人と話すのがうまくないということ。

お時は、小首を傾げて微笑んだ。

「存じ上げております。木根屋様の桐箱入りのお姫様だと」

自分がそんなふうに言われていることを初めて知った。顔が紅くなり、よけいに声が出なくなる。

だが、お時はお縫の目を見て、こう言った。

「お寂しゅうございますね。お縫様」

その一言で、お縫はお時のことが好きになってしまったのだ。

お時は、父の姪で、お縫にとっては従姉妹に当たる娘だという。

父は入り婿の上、実家でも養子だったから木根屋とのつきあいはあまりなかったが、同い年だから、お縫の話し相手にと、父が呼んだらしい。

少し、不思議に思って尋ねた。

「父様とお話を?」

お時は首を横に振った。

「いいえ、伯父様にはまだお目にかかりませんが、わたしの母様を通して、お縫様のところに遊びにきてはどうかとのお話をいただきました。わたしも、ぜひ従姉妹のお縫様とお近づきになりたかったものですから、喜んでこちらに参りました」

それを聞いて、少しだけ安心した。

お縫ですら父と長いこと話をしていないのに、お時が父をよく知っていたらどうしようかと思ったのだ。

まだ、緊張のあまりぽつぽつとしか喋れないお縫と違って、お時はよく喋る。

お縫と話す間に、およしにも話しかけたりして、そつがない。先ほど、桐箱入りのお姫様と言われたことを思い出す。

お時は、桐箱入りではない。着ている振袖は一目でわかるほどよいものだから、裕福な暮らしをしていることは窺えるが、はじめて訪れた家の女中とも気さくに話をしている。およしの帯を褒め、通ってきた庭を褒め、長雨を嘆く。

当たり障りのないことしか言っていないのに、およしの機嫌はよくなる。いつもの茶室なのに、お時がいるだけで華やいで見えた。

半刻（はんとき）ほど話すと、およしは用があると言って茶室を出て行った。お時とお縫だけが茶室に残された。

お時は、お縫の方に少しだけ膝でにじり寄った。

「お縫様は、普段、どんなふうに過ごしていらっしゃるのですか」

「本を読んだり、字を覚えたりしております」

そのほかの時間は、ぼんやり考え事ばかりしている。

自分の話などしたくない。お縫には話すことなどないから。だが、お時の話を聞くには、お縫が問いかけなくてはならない。

勇気を持って口を開いた。

「お時様のお話が伺いとうございます」

お時がこれまで、どんなものを見てきたか、どんな人に会ってきたか。

お時は紅を引いた薄い唇を、きゅっとつり上げた。

「なら、堅苦しい言い回しはなしにしましょうよ。わたしたち、友達になったのですから」

その笑顔に吸い込まれそうな気がした。

それからは、声をひそめて、顔を近づけ合って話をした。大した話はしていないのに、秘密を分け合っているようでどきどきする。

お時はやはり、とてもいい匂いがした。着物に香を焚きしめているのだと言った。

お時は、お縫の家の近くに住んでいた。もっと早く友達になれたらよかったのに、と思う。

二つ違いの兄がいること、兄とは父親が違うこと、お芝居が好きで母親と一緒に観に行くこと。お時の話は、くるくると話題が変わって、聞いていていつまでも飽きない。

自分は話すことなどないと思っていたけど、本で読んだことなどを話すと、お時は切れ長の目を輝かせて聞いてくれた。

お芝居の話は、お縫が本で読んだこととつながっている。お時が見た「仮名手本忠臣蔵」のお芝居は、太平記とそっくりで、それを話して聞かせると、お時は驚いていた。気がつけば、夕方になっていた。

「ああ、もう帰らなければ」

お時がそう言ったとき、悲しくてたまらなくなった。このままいつまでも話していられたら、どんなにいいかと思うのに。

「また、きてくれる?」

そう言った後、尋ねるのではなかったと後悔した。もうこないと言われたり、ごまかされたりしたら、お縫はひとりになったときに泣いてしまうだろう。

「また、そう遠くないうちにきます」

そう言われて、ほっとした。お時はお縫の手を取った。

「だから、そんな顔なさらないで」

そう言われてはじめて、お縫は自分が泣きそうな顔をしていることに気づいた。

その約束通り、お時は、四、五日に一度、お縫の茶室に顔を出すようになった。

それだけのことなのに、お縫の毎日がまるで変わってしまった。手水に行くときに見る、日に日に秋めいて色づいていく庭の木も、軒下で雨宿りをする雀のことも、すべて、お時に話すことができるのだ。

お時は、お縫が茶室にいることを不思議がった。

「外から錠前や閂がかかってるの？」

「錠前はかかってないけれど……」

「じゃあ、出ようと思えば出られるの？」

たしかに出られる。でも、茶室の隣にある部屋には、およしや他の女中がかならず控えているし、こっそり出ようとすれば見つかってしまう。

「夜なら、みんな寝ているんじゃないか」

それを聞いて驚いた。夜に外に出ることなんて考えられない。真っ暗で、手水に行くことすら怖いのだ。

「お時ちゃんは、夜に外に出たことがあるの？」

「あるよ。提灯を持っていれば大したことじゃないし、月の明るい夜なら平気だよ。どうしても恐ろしいなら駕籠や舟で出かければいいんだし」

そんなことを許してもらえるはずなどない。もし、こっそり出かけたら見つかったときどれほど怒られるかわからない。

あるとき、思い切って尋ねてみた。

「お時ちゃんは、旅に出たことがある？」

「旅？」

「そう、お伊勢参りとか、熊野詣でとか」

「木更津までなら行ったことあるけれど、お伊勢や熊野は遠いね」

自由そうに見えるお時でも行ったことがないのなら、お縫が行くのはとうてい無理な話かもしれない。

嫁入り前の娘が旅に出ることは難しい。

「お時ちゃんは行ってみたいとは思わない？」

「いつかね」

お時の言葉遣いは、はじめて会ったときとは全然違う、くだけたものになっていた。よい家の娘のように見えたから驚いたが、それでも仲良くなれたようで嫌ではない。

「犬でもお伊勢に行くのに」

そうつぶやくと、お時は噴き出した。

「犬なら行くさ。自由だもの」

お縫にはその自由がないのだ。

お伊勢参りまでは無理でも、お時のように木更津や、お芝居に出歩けるようになりたい。

お時と一緒なら、なおうれしい。

「お時ちゃんと一緒に出かけたいと言ったら、母様は許してくださるだろうか」

女中や若い衆も連れて歩けば、危ないことはないはずだ。お時は息が詰まるかもしれないが。

お時はくすりと笑った。

「そんなことを言ったら、あたしがここに遊びにくることもいけないと言われてしまうかもしれないよ」

それは困る。そんなことになったら、お縫は泣いて暮らすしかない。

「ほら、また泣く」

お時が、そっと手を伸ばして目尻の涙を拭ってくれた。心臓がきゅっと締め付けられた。思わず顔をそらした。お時は何事もなかったように話し続けた。

「そういえば、おもしろい話があるんだ」

「なあに?」

「うちの隣に、お伊勢参りに行ってきた猫がいる」

「嘘だわ」

即座に答えた。犬が旅をするのはわかるが、猫が旅をするなんて聞いたことがない。母屋で可愛がられている三毛猫も、丸くなって寝てばかりだ。

「嘘じゃない。お伊勢まで行ってきて、御祓をもらってきた」

「そんなことがあるはずない」

「じゃあ、賭けようか?」

思いもかけないことを言われて、お縫は目をぱちくりさせた。

「賭けるってなにを?」

「勝った方が負けた方の言うことを聞くこと」

お縫は考え込んだ。もし、負けたらお時はどんなことを言うのだろう。お縫がもし、お時になんでも命じられるのなら、「ずっと友達でいてほしい」と頼む。お時になにを言われるかは不安だが、お縫は自分が間違っているとは思えない。

猫は犬と違って旅などしないのだ。お縫は胸を張った。

「いいよ。でも、どうやってそれを確かめるの?」

お時ははっきりと言った。

「その猫に会いに行くんだよ」


まさかこんなことになるとは思わなかった。茶室どころか屋敷を抜け出して、猫に会いに行くだなんて。

そもそも、そんなことができるなんて考えられなかった。

だが、お時は言った。

「簡単だよ。近所だから、半刻もあれば行って帰れる。夜ならば気づかれない」

たしかに夜ならば、女中たちも見にこない。

「今日、子の刻に迎えにくるから、裏木戸の閂をはずしておいて」

「それこそ、見つかったら、もう会えなくなるかもしれない」

「じゃあ、ひとりで裏木戸から出てきて」

ぐっとことばに詰まる。行くしかないのだろうか。

悪いことをするわけではない。同い年のお時でもやっていることだ。半刻で帰ってくれば、誰にもわからない。

「猫に会ったって、その猫がお伊勢参りをしてきたかどうかわからないよ。その猫は喋れるの？」

「飼い主が説明してくれるよ。宵っ張りだから子の刻ならまだ起きてる」

「嘘をついているかもしれない」

「それはお縫ちゃんが話をして判断すればいい。飼い主が嘘をついていると思ったら、あたしの負けでいいよ。でも、御祓も見せてくれるよ」

そうまで言われれば引き下がれない。

なにより、賭けに勝って、お時に約束させたい。ずっと友達でいると。

だからお縫は屋敷を抜け出すことにした。

母屋が静かになった頃、寝間着を着替えて身支度をした。九つの鐘が鳴るのを聞いて、こっそり茶室から出た。下駄は、お時が自分のを貸してくれた。お縫のものよりずいぶん大きい。

月は大きいし、母屋にはまだ明かりがついている。歩くことができないほど暗いわけではない。

音を立てないように裏木戸にまわり、閂をはずす。提灯の明かりが通りの向こうに見えた。お時だった。

「さあ、急ごう。見つからないように」

手を握って走り出す。

犬の声が遠くで聞こえる。通りを歩いている人などいない。はじめて知る夜の姿だった。暗くて、静かでひんやりしている。

お時の手だけがあたたかい。

たぶん、六町か七町ほど歩いただろう。大した距離ではないけれど、こんなに歩いたのはひさしぶりのことだ。下駄の鼻緒が擦れて、足の指が痛い。

お時は一軒の家の前で立ち止まった。

白塀に囲まれた小さな家だが、よく手入れがされているように見える。木戸を叩くと、待っていたかのように開いた。

現れたのは、杖をついた小柄な老女だった。まるで妖術で縮められたかのように小さい。

「おや、お時ちゃん、いらっしゃい」

「お花婆(はなばあ)、約束通り、たびの話を聞かせてよ」

老女は、お縫に手招きした。知らない人の家に入るなんて、はじめてのことだ。

小さな家の縁側に、お時とお縫は並んで腰を下ろした。

「たび、たび」

お花婆が呼ぶと、家の中から黒猫が現れた。足先だけが白いから「たび」なのだろう。

「たびは、あたしのためにお伊勢参りに行ってくれたんだよ。あたしはもう年だし、足が悪い。とてもお伊勢様まで歩いて行くのは無理だ。去年の五月、ちょうど、隣の家の利助(りすけ)がお伊勢参りに行くというから、たびを連れて行ってくれないかと頼んだのだよ」

たびは路銀を首にくくりつけて、利助の肩に乗って旅立ち、数ヶ月後、ちゃんと御祓を持って帰ってきた。

お花婆は、針箱から大事そうに御祓を出して、見せてくれた。天照大神（あまてらすおおみかみ）の文字がちゃんと見える。以前、女中のおりくに同じものを見せてもらったことがある。おりくの弟がお伊勢参りに行ってもらってきたのだ。

見比べたわけではないから、細かいところまではわからないが、偽物のようには見えない。

お花婆も嘘をついているようには見えなかった。

御祓をありがたそうに、手でさすっている。猫の首にくくりつけたものらしく、折り皺がたくさんあるのもそれらしい。

お縫はたびの金色の目をのぞき込んだ。

猫はお縫をまっすぐに見返す。だが、もちろん返事はない。

(あんた、本当にお伊勢参りをしたの？)

「ほらね。あたしは嘘をついてないだろ？」

お時が勝ち誇ったように言った。お縫は考え込んだ。

「お縫ちゃんさえよければ、隣の利助さんに話を聞いてもいいんだよ」

お縫は首を横に振った。

「いい。いらない」

お花婆は嘘をついていない。嘘をついているとしたら利助だが、尋ねたからといって「嘘をついていました」などと言うはずはない。

お縫たちは、礼を言って、お花婆の家を辞した。出て行くとき、お花婆は塀を見上げてつぶやいた。

「おや、サビ柄のオス猫がいるね」

背伸びして見たが、暗くて見えなかった。

帰り道を急ぐ。歩きながら、お時が言った。

「どうだい？　あたしの勝ちだろう？」

「まだわからない。あたしの勝ちかもしれない」

そう言うと、お時が驚いた顔になった。

「だって、お花婆は嘘をついてなかっただろ」

「お花婆はついてない。でも、利助という人が嘘をついてるかもしれない」

お時が怒るのではないかと、少し思った。だが、お時はくすくすと笑った。

「おもしろいね。じゃあ、それはお縫ちゃんが確かめてよ。利助さんが嘘をついている証拠があれば、あたしの負けでいいよ」

「証拠がなければ？」

「あたしの勝ち」

お縫は頬を膨らませた。

「そんなのずるい」

「でも、嘘をついていない証拠なんて見つけられないだろう?」

たしかに、それは難しい。だとすれば、お縫が証拠を探さなければならない。

「お縫ちゃんは物知りだから、証拠を見つけられるかもしれないね」

お時は、からかうようにそう言った。

お縫は考え込んだ。証拠を見つけて、お時に約束してもらいたい。ずっと友達でいると。

屋敷に戻り、裏木戸を押す。誰かに閂をかけられていないか心配だったが、木戸はすんなりと開いた。

お時の提灯が立ち去っていくのを見送って、木戸を閉めた。

そのとき、お縫の頭にある考えが浮かんだ。


お時がお縫に会いにやってきたのは、その五日後のことだった。

「どうだい? たびがお伊勢参りをしてないことをどうやって調べるか考えたかい。もし、外に出るのが嫌だったら、あたしが代わりに調べてあげてもいいよ」

それには及ばない。お縫は、文をお時に差し出した。

「これ、なんだい？」

「読んでみればわかるよ」

読み始めたお時の目が大きく見開かれる。

その手紙は、品川の宿にある茶屋の娘が書いたものだ。

「その茶屋には、去年の五月から七月まで、足袋のように足先が白い黒猫を預かってた。体格のいい二十代ほどの男が、しばらく預かってくれないかと言ってきたって。猫は鼠よけにもなる。娘は喜んで預かった。二月ほどして、男は帰ってきて、お礼にいくらかのお金を置いて、猫を連れて帰ったって」

「驚いたね……」

利助はお花婆を騙そうとして、嘘をついたわけではない。猫には酷な長旅になる。だから、最初に立ち寄った宿場に猫を預けていったのだ。御祓は利助がもらって帰れば、お花婆にはわからない。

お縫は、およしに頼んで品川の宿まで行ってもらった。川崎や下手をすると保土ケ谷まで行かねばならないかと覚悟していたが、品川の茶屋で、たびのことを覚えている人が見つかった。

お時の顔を見る限り、たびが品川の茶屋にいたことは本当に知らなかったようだ。

「利助さんて人は、きっといい人なんだろうね」

猫は茶屋の店先で、丸くなって寝ていればいい。お花婆は、たびがお伊勢参りをしたんだと信じている方が御利益があるように思える。

旅に出た猫がいたのは嘘ではないけど、その旅は品川の宿までだった。

「この手紙、どうしたの?」

「およしに猫を知っている人を探してもらって、手紙を書いてもらったの。嘘だと思うなら、品川の宿まで確かめに行けばいい」

「それはいいよ。この手紙を信じるし、全部つじつまが合ってる」

そう言われて、お縫は誇らしい気持ちになった。ずっと茶室しか知らなくても、なにもわからないわけではないのだ。

「お縫ちゃんは賢い子だね」

そう言う、お時の声はなぜか少し寂しげだった。

「わかったよ。お縫ちゃんの勝ちだ。あたしはなにをすればいい?」

お縫は、深く息を吸い込んだ。考えたら言えなくなってしまいそうだから、ひと息に言った。

「約束して。ずっと友達でいて。これからもときどきでいいから、会いにきて」

お時は、目を見開いた。なぜか、悲しい目になる。

「約束はできないよ」

その答えを聞いて、息が詰まる。

「賭けに勝ったら、言うことを聞いてくれるって……」

「大川(おおかわ)に飛び込んでもいいし、永代橋(えいたいばし)の真ん中で逆立ちしたっていい。でも、その約束は果たせない」

大川に飛び込むお時なんて見たくない。こんな答えを聞くくらいなら、賭けに負けた方がずっとよかった。

「どうして駄目なの?」

「お縫ちゃんががっかりするから」

がっかりなどしない。お時のことが好きなのだ。

「お時ちゃんとずっと友達でいたいのに。あたしが駄目なの?」

「お縫ちゃんはなにも悪くないよ」

お時は寂しそうに笑った。

「ねえ、お花婆が言ったの、覚えてる? サビ柄のオス猫がいるって」

サビ柄は知っている。黒と茶色の混じったおもしろい柄の猫だ。

「あれはあたしのことだよ。お花婆は、お縫ちゃんにさりげなく、告げたんだ」

お時は急に、お縫の手首をつかんだ。この前、あたたかいと思った手は、ひどく冷たかった。

お縫の掌を自分の胸に押し当てた。伝わってきた感触に、お縫は息を呑んだ。お時の手をふりほどく。

お時の胸は真っ平らだった。固い、筋肉の感触しかしなかった。

「あたしが、サビ柄のオスさ」

はっと気づく。三毛がメスばかりだということは聞いたことがある。黒と茶が混じったサビもたしかそうだ。

「どういうことなの……？　お時ちゃん、あなた、いったい」

誰なの、という疑問は呑み込んだ。

「話せば長くなるんだけどね。あたしの母さんは、昔、吉原にいた。あたしは吉原で生まれた。そのあと、母さんはある旦那と馴染みになり、身請けされた。今ではこの近くで囲われてる。老舗木綿問屋の入り婿だ」

父のことだ、とわかった。

「その後、母さんは女の子をひとり生んだ。妹だよ。お縫ちゃんと同い年だ」

はじめて会ったとき、お時と話したことを思い出す。ふたつ上の兄がいると言っていた。

「母さんは、なんとしても妹を、木根屋の養女にしたいと思ってる。囲われ者の娘と、木綿問屋の娘じゃ全然違う。妹は器量よしだし、いい子だ。きっとお縫ちゃんとも仲良くできる。でも、旦那は、おかみさんが怖くてそれを言い出せない。母さんは、それが悔しくてたまらない」

お時がゆっくりと近づいてくる。急にお時が怖くなった。これまで知らなかった顔をしている。

香の匂いが強く感じられて、お縫は後ずさった。

「旦那は、おかみさんを懐柔する方法を考えた。妹が、お縫ちゃんと仲良くなれば、養女にする話も切り出しやすい。でも、母さんは、まったく別のことを考えたんだ」

茶室は狭い。すぐに背中が壁につく。お時の顔が近づく。

「あんたを傷物にして、それを公にすれば外聞が悪い。父なし子でもこさえれば、婿を取って店を継ぐなんてことはできない。あんたはどこか、遠くに嫁にやられて、妹があんたの代わりになる」

傷物にする。それがどういうことかは知っている。本で読んだことしか知らないけれど、なにもわからないわけではない。

「それに、桐箱入りのあんたに父なし子を産ませれば、あんたの母親への仕返しができる。あたしは、父なし子だからね」

お時は、お縫の耳元で言った。

「だから、妹の代わりに、兄のあたしがきたのさ」

怖かった。涙が出そうだった。

お時は、お縫の知らないことをたくさん知っていたけど、それはいいことばかりではなかったのだ。

「だから、もうあんたの友達じゃいられない」

そう言って、お時はすっとお縫から離れた。

お縫は、呆然とお時を見上げた。お時はやはり悲しそうな顔をしていた。

どうして、お縫にそれを知らせるのだろう。お縫は気づかなかったのに。

黙って、母親の言う通りにすることだってできたのに。

計画はうまくいっていたのに、どうして真実を告げるのだろう。

お時の手が、お縫の目尻に触れた。

「ほら、また泣く」

「お時ちゃんが、泣かしたんだ」

そう言うと、お時はまた寂しげに笑った。

「そうだね」

お時は立ち上がった。

「だから、あたしはもうこないよ。賭けはなしにしよう」

お時は、金茶の振袖を翻した。香の匂いが茶室にあふれる。

一瞬、目を閉じていた。開いたとき、お時がにじり口から出て行こうとしているのが見えた。

思わず、袖をつかんだ。お時は驚いたように振り返った。

「行かせない」

考えるより先に、口が動いていた。

「賭けようと言ったのは、お時ちゃんで、勝ったのはあたし。負けた方がなしになんかできない」

お時は、やっといつもの笑みを浮かべた。ちょっと悪戯っぽい、魅惑的な笑み。

だが、なにも言わずにお時は、庭に飛び出した。つかんだ袖を離すまいと強く握る。ぴり、と絹が裂ける音がして、金茶の袖だけがお縫の手に残された。

お時は駆け出す。お縫は足袋のまま、庭に飛び出した。お時の姿はあっという間に見えなくなってしまった。

追い掛けたって追いつけない。お縫はぼんやりと庭に立ち尽くした。

破れた袖だけが、お縫の手に残った。


お時はもうこない。

だが、なにかが変わったわけではない。お縫は日がな一日本を読んで過ごす。これまでと一緒だ。

ときどき、お時のことを思い出す。大事にしまい込んだ振袖を出してみる。

お時が嘘をついていたことは悲しいけれど、それよりもどうして、本当のことを話して消えてしまったのかの方が、ずっと大切だ。

自由になれれば、お時を捜すことができるだろうか。お時の妹にも会ってみたいと思う。

母を説得して、一緒に暮らすことができればどんなにいいだろう。

お時がこなくなって、しばらく経ったある日のことだった。

母屋の風呂が沸いたと、およしが言いにきた。

およしと一緒に風呂場に向かうため、廊下を通っていたときだった。

庭から男の声がした。

「新入り、玄関の掃除は済んだのか」

「へえ、先ほど終えて、番頭さんにも報告しました」

一瞬、息を呑んだ。その声をよく知っている気がした。

「そうか。なかなか手際がいいな。じゃあ、暗くならねえうちに、庭も頼むぞ」

「へえ、承知いたしやした」

足を止めて、声のする方を見る。よく知っている手代（てだい）のそばに、ひとりの若者が身体をかがめていた。

その横顔を見たとき、息が止まりそうな気がした。およしの袖をつかむ。

「あの人……」

「ああ、旦那様の遠縁だとかで、うちに奉公にきた時次郎（ときじろう）さんですよ。やはり、お嬢様も目を留められましたか？」

およしがささやく。

「女中たちが騒いでいますよ。役者みたいにきれいな人だって」

口の中が乾いた。間違いない。お時だ。

その人は、箒を持って立ち上がると、ちらりとこちらを見た。切れ長の目と、悪戯っぽい笑み。

およしが、お縫の脇腹を軽く突いた。

「お嬢様のことをごらんになりましたよ」

お縫は、息を詰めて、時次郎が立ち去るのを見送った。

顔が熱くなって、なにも考えられなくなる。心臓が音を立てている。

お時は約束を守ってくれるのだろうか。

およしがにやにやしながら、こちらを見ているから、お縫はつんと顎を上げて歩き始めた。

急に、あの茶室に光が差した気がした。

【執筆陣プロフィール】五十音順

小松エメル

1984年、東京都生まれ。『一鬼夜行』でジャイブ小説大賞を受賞し、2010年、作家デビュー。「一鬼夜行」シリーズ、「蘭学塾幻幽堂青春記」シリーズ、「うわん」シリーズなど人気シリーズを手掛け、新鋭の時代小説作家として注目される。

近藤史恵

大阪府生まれ。大阪芸術大学文芸学科卒業。1993年、『凍える島』で第4回鮎川哲也賞を受賞し、デビュー。2008年、『サクリファイス』で第10回大藪春彦賞を受賞。ミステリや恋愛小説など幅広く手掛ける。

佐々木禎子

北海道生まれ。1992年、雑誌『JUNE』掲載「野菜畑で会うならば」が人気を博し、デビュー。「ホラー作家・宇佐見右京の他力本願な日々」シリーズ、「ばんぱいやのパフェ屋さん」シリーズなど著書多数。

宮本紀子

京都府生まれ。市史編纂室勤務などを経たのち、作家をこころざし、シナリオ学校や小説学校で学ぶ。2012年、『雨宿り』で第6回小説宝石新人賞を受賞し、デビュー。近著に、吉原を舞台に借金取立て屋を描いた『始末屋』がある。

森川成美

1957年、東京都生まれ。東京大学法学部卒業。第18回小川未明文学賞優秀賞受賞。著書に、あさのあつこらが選出した短編集『ふしぎ日和』収録の「うたう湯釜」や、ファンタジー『アサギをよぶ声』シリーズなどがある。

書き下ろし時代小説集 宵越し猫語り　招き猫文庫

2015年11月10日　第1刷発行

著者　小松エメル　近藤史恵
佐々木禎子　宮本紀子　森川成美

発行人　酒井俊朗

発行所　株式会社　白泉社
〒101-0063 東京都千代田区神田淡路町2-2-2
電話　03-3526-8075(編集)
03-3526-8018(販売)
03-3526-8020(制作)

印刷製本　図書印刷株式会社

フォーマットデザイン　名久井直子

マークイラスト　フジモトマサル

ISBN 978-4-592-83126-6
printed in japan　HAKUSENSHA